# 背德者

# L'immoraliste

André Gide

[法国] 安德烈 · 纪德 著

黄雅琴 译

译林出版社

图书在版编目（CIP）数据

背德者 / （法）安德烈·纪德著；黄雅琴译. --南京：译林出版社，2025.2
（纪德爱情三部曲）
ISBN 978-7-5753-0051-3

Ⅰ.①背… Ⅱ.①安… ②黄… Ⅲ.①长篇小说－法国－现代 Ⅳ.①I565.45

中国国家版本馆CIP数据核字（2024）第043761号

**背德者 ［法国］安德烈·纪德 / 著 黄雅琴 / 译**

责任编辑 唐洋洋
装帧设计 山川制本workshop
封面插图 Owen Gent
校　　对 施雨嘉
责任印制 颜　亮

原文出版 Gallimard, 1972
出版发行 译林出版社
地　　址 南京市湖南路1号A楼
邮　　箱 yilin@yilin.com
网　　址 www.yilin.com
市场热线 025-86633278
排　　版 南京展望文化发展有限公司
印　　刷 南京新世纪联盟印务有限公司
开　　本 787毫米 × 1092毫米 1/32
印　　张 5.875
插　　页 4
版　　次 2025年2月第1版
印　　次 2025年2月第1次印刷
书　　号 ISBN 978-7-5753-0051-3
定　　价 49.00元

献给亨利·盖翁[1]

他坦诚的同伴

安·纪

[1] 亨利·盖翁（1875—1944），法国作家、评论家，1897年和纪德相识，成为其文学领路人以及一生挚友。

我赞颂你，哦我的主，你把我塑造成如此可爱之人。

——《圣经·诗篇》第一百三十九章第十四节

# 《背德者》导读

张秋子

“仍然在理性与非理性之间挣扎。”

当著名的医生让·德莱（Jean Delay）问临终前的纪德是否感到痛苦时，纪德回答了这句话。在一个人的生命之焰行将熄灭时，他回首一生，发现能够为自己盖棺定论的并非某个确定且令人满意的句号，而是一个仍然将自己置于悬而未决之中的问号。这句充满了矛盾之感的临终遗言概括了纪德的一生，也描述了纪德所有作品之中最核心的艺术法则，甚至，它预言了纪德死后人们对他反差极大的评论立场——虽然1947年颁发给他的诺贝尔奖肯定了他的文学地位，但是他在同时代的欧洲人眼中依然是一位危险的作家，哪怕斯人已逝，其作品中叛逆的道德观与幽微的写作技艺，依然对那个时代人们引以为傲的主流判断背过身去，所以，也是在这一年，梵蒂冈禁止出版他的作品。

我们无法在纪德身上找到“和谐”“静穆”“宁静”这些词，它们属于徜徉在古典世界的艺术家或者书斋里与蠹虫相伴终日的学究，只要一个人不断向内逼视心灵的状态，他就不可能不怀着一种近乎痛苦焦虑的感受放弃生活提供的温暖舒适的巢穴，跻身精神世界那道狭长漆黑的裂缝。也许正因如此，纪德才会终生饱受失眠的困扰，哪怕是卧病在床时，也很难闭眼睡上一个好觉，他那颗不停追问的心灵过于活跃。这些时候，他只能求助于古罗马的史诗《埃涅阿斯纪》，这部史诗的主题，依然是一个古老英雄的冒险与开拓。

从某种意义上说，纪德的作品就是一部书面忏悔录，是为了传达他认为真实的自己。以往，当我们说起“真实”，更多地将其理解为把好的一面与坏的一面都说出来，真实于是被等同于赤诚或者诚实，那是人们可以在奥古斯丁、卢梭或者司汤达的忏悔录里看到的素质。但实际上，人的复杂性注定了不可能只有黑白两面，在绝大多数时刻，我们栖身于情感与道德灰色的混杂地带，说着言不由衷的话，行着情非得已的事，在理性与非理性之间反复横跳，每当事后回想，甚至自己也说不清道不明当初的动机。于是，比非黑即白的诚实忏悔更复杂的东西出现了，它们是不自知、自欺与掩饰，这正是纪德这些充满自传意味的作品最大的魅力，他将坦然说出一切后的一了百了，转化为掩饰着说出一切时的挣扎，这些挣扎是纪德切身体会过的痛苦，以至于他在临死前仍念念不忘，反过来说，也是纪德成为一个现代作家的核心标志：他发现了表达与伪装之间的暧昧关系，发现了意识与行为之间的同床异梦。

逼迫他直面这个命题的，是他身不由己的性取向。早在1890年前后，纪德就意识到，如果按照社会公认的道德体系生活，他难免会成为一个伪君子：在他的家庭圈子所遵循的简单严苛的律法与他自己的欲求与渴望之间，存在着不可解的对立。所以，从第一部作品《安德烈·瓦尔特笔记》开始，虚伪与真诚之间的斗争就成为了纪德的核心道德问题。从始至终，他都以一种极为现代性的风格进行着文本的实践：勇敢地戳破了古典时代人们信奉的赤诚，冒犯性地展现出人的多维与立体，他说服读者们相信——有时候，不是我说出所做的错事就让你感觉到了真实，相反，是我做错一件事后，赤裸地向你呈现我的遮掩、我表达背后的心虚以及自我说服，才真正显现出我的全貌。

可以说，纪德的三部曲看似是三个毫不相关的故事，但其实都在回应着上面那个与纪德生命体验息息相关的问题：一个人是如何表达自我，又是如何掩饰自我的；一个人在对自我背离时，又是否能对自己诚实。三部曲中的第一部是本书《背德者》，这部出版于1902年的小说以可疑的第一人称的视角讲述了自己的故事：一个叫米歇尔的男人经历了严苛的童年后，与自己并不爱的女人玛瑟琳结婚，这场勉强的婚姻在两人于北非度蜜月时发生了明显的裂痕，米歇尔发现自己被阿拉伯男孩子所吸引。由此，他开始走上发现自我的旅程，并不断向读者展现出牵缠粘连的两重生活：他不断诉说着自己对妻子的关切，又不断听从自己内心的欲望，与同性相伴作乐。最终，妻子去世，米歇尔则独留人间继续处理自我探索的难题。

对于熟悉纪德生平的读者来说，《背德者》几乎照搬了纪德人生经历中的种种经历。1869年11月22日，安德烈·纪德出生于法国巴黎，从小就包裹在浓郁的清教徒家庭氛围中，母亲以极其严格的方式塑造着他的道德观念，太强硬的东西未必能够锻造一个人，反而会挫伤他。所以，在纪德日后无数的作品中，他都在反复书写童年从母亲的铁腕统治下逃出的艰苦，一如《背德者》中感叹的："我不曾怀疑孩提时代的道德开蒙会约束我们的行径，在我们的精神上烙下印记。”在和母亲往来的书信中，他甚至把顽强地对抗母亲的意志视为“生命中最好的东西”，母亲死后，他就像被“松开了锚泊处的船”，在精神上突然无所适从，于是做出了一个古怪的决定：和表姐玛德琳·鲁多（Madeleine Rondeaux）结婚。虽然他早已发现自己对女人的兴趣并没有对男人那么强烈，但他需要用与母亲最像的人替代她，好让那根从小绷紧的绳索不至于彻底坠入虚无。对他来说，彻底的绷紧与彻底的松懈都是不可接受的，以一种强迫症般的心理，他的婚恋选择预演了临终前在矛盾中的左右挣扎。

由于《背德者》强烈的自传性质，读者几乎可以把它视为是纪德日记与书信的延伸，虚构与非虚构化为一滩黏稠的混沌，根本无从分辨。与小说一样，纪德不断诉说着对妻子柏拉图式的爱，却又不断与同性寻欢作乐；与小说中的玛瑟琳一样，婚后的玛德琳经常生病，总是疲惫不堪；与小说中的米歇尔一样，纪德也总会抓住一切机会去寻找快乐，也同样经历了在北非幡然醒悟、接纳自我的转变。甚至，玛德琳（Madeleine）这个名字与小说中的玛瑟琳（Marceline）也极为相似。有一次，纪德当着玛德琳的面，和火车里半裸着身体的男孩调情，他观察到妻子“什么也没说，仿佛她没看见我，也不认识我”，在纪德的笔下，妻子是失语的，正如我们在《背德者》中看到的玛瑟琳，在身心俱疲的时候，“也不瞧我……”

但是，如果我们仅仅把这部作品当成一部令人厌恶的同性恋的自白，就辜负了纪德在叙事上的野心与创造力。读者可能并没有意识到，当我们根据米歇尔的描述狠狠唾骂他的负心薄幸时，实际上已经陷入了叙事者成功的叙事策略所营造的氛围中：当他如此直接地展示出无耻、放纵、薄情，但又如此悲哀和愚蠢地试图掩饰与解释这一切，两者的冲突构成了小说最具有冲突和现代魅力的地方。所以，读这部小说的关键，不仅仅在于跟随情节唤起的情感体验，或叹息或愤怒，更在于冷静地体察与拆解米歇尔在自述过程中的漏洞与缝隙：很多时候，我们都比米歇尔本人更早地勘测到他内心的真实情感，当我们自鸣得意地指出他的自我欺骗或者戳穿他的强行辩解时，别忘了，这一切，都是纪德成功的讲故事的手法引出的。

对此，小说有一个绝妙的细节呼应。有一天，米歇尔“不知出于什么好奇心”，通过镜子暗中偷窥一个男孩，发现他偷了东西，但他包庇了这个孩子，甚至为此感到快乐。对道德的违背以及对男孩的爱恋，都是米歇尔感到快乐的原因，只是这时候他无法承认。多年后，他的朋友突然告诉他，当年那个被包庇的孩子其实对此是心知肚明的，他早就通过镜子瞥见了米歇尔纵容他的眼神，只不过，米歇尔还蒙在鼓里罢了。这样一来，他原以为私密的场景突然被撕破，变成了暴露，偷窥变成了反向的被偷窥。某种程度上，小说也为读者提供了这面镜子，我们得以用一种主人公无法觉察的方式看到他自作聪明和自我矛盾的言行，拆穿他也就有了可能。或者说，我们能“识破”米歇尔种种可笑的伪装、辩解与装傻，其实也早已在纪德的掌控之中，他在故事中一点点播撒的细节的种子，引导我们得出了对米歇尔到底是“何许人也”的判断之果。

无论是从内容还是叙事技巧上，《背德者》都以罕见的“大胆”（萨特语）呈现出一个压抑者内部世界和外部世界的道德需求之间存在的深刻裂痕的故事，纪德冒着被唾弃的风险向世界与读者提出这样一个疑问：如果是你，敢于呈现这样一个在理性与非理性之间挣扎、在表达与掩饰之间犹疑的真实自我吗？

# 序 言

我给予这本书应有的价值。它是苦涩灰烬的结晶；它是生长在炙热沙漠地的药西瓜，无法解渴，徒留酷烈的灼烧感，在金灿灿的沙地上不乏美丽。

如果说我把我的小说主人公当作典范，那必须承认我并没有取得多大成功；寥寥几位愿意过问米歇尔冒险经历的，那是他们自恃仁慈善良、高人一等来唾弃他。我赋予玛瑟琳诸多美德并非徒劳之举；人们不会原谅米歇尔竟然爱自己胜过玛瑟琳。

如果说我写下本书是对米歇尔的一纸控诉，我只取得了些许成功，读者对我的主人公产生了愤怒之情，但无人会感谢我；这种愤怒，他们自行感知，全然不由我控制；这种愤怒起于米歇尔，涌向我本人；人们几乎要把我和米歇尔混为一谈。

然而，我并未打算将本书变为一纸诉状或一份辩护词，我避免下断论。公众而今不会原谅一名作者在讲述完这番故事之后，又不表示支持或反对；更有甚者，人们希望作者在故事发生过程中就表明立场，他可以断然宣称支持阿尔塞特[1]抑或菲林特[2]，支持哈姆雷特抑或奥菲莉娅，支持浮士德抑或玛格丽特，支持亚当抑或耶和华。诚然，我不会声称，中立（我本想用“未决”一词）是某个伟大思想者的确切标志；但我认为许多伟大思想者都反感……下结论——善于提出问题并非是假定问题已经解决。

我在此处违心地使用了“问题”一词。说真的，艺术层面不存在问题——艺术作品不足以解决问题。

如若“问题”意味着“戏剧故事”，我要说，本书讲述的、在主人公内心上演的戏剧故事，具备普遍意义，不应只限于个人经历。我无意发明“问题”；它在我成书之前已存在；米歇尔成功抑或屈从，这个“问题”继续存在，作者也避免认定是否成功。

如果说某些智者把这出戏剧故事看作某个特殊案例的

---

[1] 莫里哀《愤世者》中的人物，他痛恨整个人类，揭露人类的虚伪、怯懦和危害。

[2] 莫里哀《愤世者》中的人物，他真正关心阿尔塞特，并认识到有时在社会环境中隐藏自己真实观点的重要性。

陈述，在主人公身上只看出病态；如果说他们未能看出其中蕴含的某些紧迫重要的思想和极其普遍的意义——那过错不在思想或这出戏剧故事，错在这个作者，我是说：错在他的拙劣——尽管他在书中倾洒了他所有的激情、泪水和心血。然而，一部作品的真实价值，以及流水般的大众赋予它的价值，两者之间风马牛不相及。宁愿手握佳作不急于引起即时关注，不屑于昙花一现般迎合乌合之众，在我看来，这样的行为不算太过自命不凡。

总之，我并不寻求证明，我只是认真描绘出我的图画，并将其置于光线充足之处。

# 致部长会议主席[1] D.R.先生

189* 年 7 月 30 日，西迪贝 · M

确实，你料事如神，老兄：米歇尔告诉我们了。他原原本本说了，就这样。你想要知道，我也答应了你；然而，信发出的当口，我犹豫了，信中内容我越读越感不适。啊！你会怎么看待我们的朋友？还有，我该作何感想？……我们断然斥责他吗，一并否认可以将很多残忍的特质转入正途？——可而今恐怕并非只有他一人敢于在自白中承认自我。该如何善用这过人的智慧和精力——抑或剥夺其公民权吗？

米歇尔能如何为国效劳？我承认，我一无所知……他需要一个职位。这个高位要衬得上你卓著的功勋、你手握的权柄，他找得到这样的职位吗？——赶紧的。米歇尔愿意效忠，他仍然效忠，但不久之后他将只忠于自己。

[1] 19 世纪至 20 世纪，法国某些政权体制下对政府首脑的称呼。第五共和国建立之后，总理取代了其职能。

我在给你写信，头顶的天碧空如洗；过去的十二天，我、德尼和达尼埃尔一直待在这里，没有一片云，阳光分毫未减。米歇尔说，这两个月的天都是澄净的。

我无悲无喜；此地的空气让人沉浸在混沌的欣喜之中，远离了欢乐和苦难；兴许，这就是幸福吧。

我们留在米歇尔身边，不愿离开他；等你读完信，你自会理解；我们在这里，在他的住所，等待你的回复；别磨蹭了。

你知道我们那份同窗情谊，米歇尔、德尼、达尼埃尔和我之间的这份情谊坚不可摧，并且因岁月渐长而愈发深厚。我们四人之间达成了某种协定：一方有难，三方相助。因此，当我收到米歇尔讳莫如深的求助时，我立马通知了达尼埃尔和德尼，我们仨抛下一切，踏上旅途。

我们有三年没见过米歇尔了。他成了家，带上妻子云游四海；他上一次路过巴黎时，德尼在希腊，达尼埃尔在俄国，我么，你知道的，守在父亲的病榻前。我们并非全然断了音信；西拉和威尔见过米歇尔，带来了他的近况，却令我们大感意外。他变了，这种变化我们还无从解释。他不再是那个老学究似的清教徒了，一本正经笨手笨脚，目光澄澈如水，当着他的面我们那些轻佻的言辞也没法说下去。曾几何时……可是，我为什么要特地把他将在信中告诉你的一切现在就说给你听？

我寄来他的叙述，德尼、达尼埃尔和我全都亲耳听他说了：米歇尔是在露台上写下的，我们仨就在他身边，躺在阴影中，沐浴在群星光辉下。故事终了，太阳从平原上升起。米歇尔的宅子俯瞰着整个平原以及近在咫尺的村落。热浪滚滚，粮食收割完毕，平原酷似荒漠。

米歇尔的宅子尽管寒碜又古怪，但也别具风味。冬天冷得要命，窗户没安窗玻璃；或者更确切地说，连窗户都谈不上，墙壁上只是凿开了一个个大洞。天气好的时候，我们跑去户外席地而眠。

我告诉过你，这趟旅途还算顺利。我们傍晚时分抵达，热得筋疲力尽，但周遭的一切那么新奇，我们看得心醉神迷，我们先后在阿尔及尔和君士坦丁稍事歇息。从君士坦丁出发的一班火车将我们带到西迪贝·M，马车已经在那里等候我们。在离村子很远的地方，马路就断了。这个村子盘踞在一块岩石顶端，类似翁布里亚[1]的某些市镇。我们徒步爬行，两头骡子驮着我们的行李。我们刚踏上村

[1] 意大利的一个大区，位于中西部，有着田园诗般的乡村和山野。

里的小路，就看见了米歇尔位于村头的宅子。矮墙四合，自成一个花园，或者更确切地说，是四堵墙围住宅子，那里生长着三株虬曲的石榴树，还有一株繁茂的欧洲夹竹桃。一个卡比尔[1]孩童原本站在那里，眼见我们走近，一溜烟逃开，麻溜地爬上了墙。

米歇尔接待了我们，没有展露出半点高兴的迹象；简单得很，他似乎生怕流露出一丝一毫的柔情；不过，在大门口，他郑重其事地和我们仨拥吻。

一直到那天晚上，我们交流的话语不超过十句。客厅里备好了粗茶淡饭，内里的装饰奢华得令我们目瞪口呆，不过，米歇尔会在他的叙述里给出解释的。之后，他为我们端来咖啡，他特意要亲力亲为做这事。接着，我们登上露台，开阔的视野在我们面前铺陈开来，我们仨就像约伯的三个朋友[2]，我们静候着，一边欣赏突然而至的余晖如烈火燎原。

夜幕降临，米歇尔开口了：

[1] 北非民族，主要居住在阿尔及利亚卡比利亚地区，是柏柏尔人的一支。

[2] 根据《圣经》故事，约伯敬畏上帝。后来约伯经受了上帝的试炼，此时他的三个朋友跑来看望他，但他们坚持认为约伯一定是犯了罪，才会受苦。

# 第一部

## 一

我亲爱的朋友，我知道你们全都靠得住。收到我的请求，你们就赶来了，换作你们，我也会做同样的事。可我们有三年没见过面了。我们的友谊经受住了这份疏远，等你们听完我的叙述，这份友谊也会继续存在。我贸贸然召唤你们，让你们千里迢迢赶来我偏远的宅子，那是因为我想要见到你们，仅此而已，我需要你们听我说说话。我山穷水尽了，只有这个办法：向你们倾吐。——我处于人生某个节点，我是无法越过这个坎了。并非是我厌倦了。可是，我搞不明白了。我需要……我需要说出来，我告诉你们。懂得解脱之道，这不算什么；难就难在，能够自由自在。——请你们忍一忍，我总是在说自己；我这就讲述我的人生，原原本本，既不会过分谦虚也不会沾沾自喜，简简单单，胜过我向自己诉说的版本。请大家听我说：

我们最后一次见面，如若我记得没错，那是在昂热附近的乡野小教堂，我举行了婚礼。宾客寥寥，但好友的出席令乏善可陈的仪式变得感人至深。我印象中，大家都动情了，我也跟着动了情。离开教堂后，我们又重聚，在我新婚妻子的家中，大家草草用了餐，没有欢笑也没有泪水；之后，预定的车子来了，按着印刻在脑中的习俗，一想到结婚，眼前便出现了离别的码头。

我对妻子所知甚少，而我也想到，她对我的了解也不会更多，这个想法并没有让我感到痛苦。我娶她无关爱情，主要是为了取悦我的父亲，时日无多的他总担心留下我孤苦伶仃一人在世上。我爱父亲，温情脉脉；眼看他命不久矣，我心无旁骛，在这样的悲伤时刻，我只是想着要在他的人生尽头添点安慰；我就这样出卖了我的人生，而人生于我还是未可知。我们在临终之人的床头举行了订婚仪式，没有欢笑，但不乏肃穆的喜悦，毕竟我的父亲可以平静离开了。这么说吧，我不爱我的未婚妻，可至少我也没有爱过其他女人。在我看来，这足以保障我俩的幸福；我当时还一无所知，我以为可以把所有的一切全都交给她。她无父无母，和两个兄弟过活。她叫玛瑟琳，年芳二十，我比她年长四岁。

我说过，我一点也不爱她——至少，我对她的情感中没有所谓的“爱”，可我也爱她，如果说这份爱指的是柔情，某种怜惜，最后，还有相当程度的敬重。她是天主教徒，我是新教徒……但我想，我也算不得是个新教徒！牧师乐意接纳我，我也认可牧师：一切顺理成章。

我的父亲，诚如大家所言，是个“无神论者”——至少我这么认为，而鉴于我的父亲在某些方面甚为腼腆，我同样如此，所以我从未和他谈及他的信仰。母亲的胡格诺派教诲持重、严肃，却连同她的倩影慢慢从我心头抹去了；你们知道的，我年少丧母。我不曾怀疑孩提时代的道德开蒙会约束我们的行径，在我们的精神上烙下印记。严谨，这是母亲传给我的品质，连同她向我灌输的道德准则，日后被我用在了研究上。我十五岁时失去了母亲；父亲养育我、关心我，全情投入教导我。我通晓拉丁文和希腊文；和他在一起我很快掌握了希伯来语、梵文，还有波斯语和阿拉伯语。二十岁的我学有所成，父亲竟敢让我参与他的研究工作。他乐于宣称我是他的同僚，并且试图向我证明他是对的。《论弗里吉亚信仰》署了他的名出版，其实出自我之手；他只是复审了一遍，不吝溢美之词，从未见过他对自己的著作如此夸赞。他兴高采烈。于我而言，却感到困惑，这种欺瞒行径竟然奏效。自此之后，我的事业一飞冲天。那些最为博学的学者把我视作同事。现在，我可以微笑着面对所有致以我的敬意……我活到二十五岁，除了废墟或者书籍难得见识过其他，关于人生，我一窍不通；我在工作中挥洒独一无二的热情。我爱着一些友人（你们就是），但比起人，更重要的是友谊本身，我对友人忠贞不渝，这是出于高尚的需求；我珍爱我身上的每种美好情感。总之，我不了解我的朋友，就像我也不了解自己。我本可以过上不同的生活，人是可以活得另类的，我的脑海中从未闪现过此类念头。

我和父亲满足于简简单单；我俩花销甚少，我活到二十五岁还不知道原来我家境优渥。在我的想象中，倒也没经常想这事，我们的钱仅够勉强度日；我在父亲身边养成了勤俭节约的习惯，当我明白我们拥有的财富要多得多，不禁感到些许尴尬。我对此等俗务并不上心，等父亲过世后，我成了唯一的遗产继承人，也没有完全搞清财产数额，直到签署婚约时，我才有了清晰概念，与此同时我发现玛瑟琳没有带来分文嫁妆。

还有件事我当时并不知情，但这件事或许更要紧，那就是我健康状况堪忧。我又如何知道呢，既然我都没有验证过？偶尔感冒了，我也是敷衍以对。我的生活太过平静，既省了精力也让我变得虚弱。玛瑟琳不一样，她健壮——比我健壮，这点我俩很快就会发现了。

新婚当晚，我俩在巴黎的寓所过夜，提前准备了两间卧室。我们在巴黎稍事逗留，抓紧时间采购必需品，接着赶往马赛，在那里登上驶往突尼斯的邮船。

人生大事纷至沓来，每件都刻不容缓，应接不暇，父亲的葬礼我难过得情真意切，白事之后的红事也让我百感交集，这一切抽干了我的精力。我一上船就感到累了。事情层出不穷，我疲于奔命的同时倒也无暇细思。船上的时日清闲下来，我最终有了思考的时间。这似乎是我有生之年的头一遭。

也是第一次认识到我撇下工作很久了。此前我只休过短假。母亲去世之后不久，我和父亲同游西班牙，那次旅游确实用了一个多月；另一次是去德国，一个半月；还有一些出行——不过都是为了做研究；父亲有明确的研究计划，从不在旅途中消遣玩乐；不跟他一起出行的日子，我便看书消磨。离开马赛没多久，关于格拉纳达和塞维利亚[1]的记忆蜂

[1] 格拉纳达位于西班牙南部，城中拥有大量的伊斯兰教、犹太教和基督教风格的历史古迹。塞维利亚位于安达鲁西亚地区，古市区仍保留着几个世纪前的摩尔人式建筑。

拥而来：更加澄净的天空，更加纯粹的阴影，节日、欢笑和歌声。我们又要见到这一切了，我想到。我登上甲板，目送马赛渐行渐远。

然后，我突然想起来，我有点冷落了玛瑟琳。

她端坐在船艄；我走上前，这是我第一次，千真万确，细细端详她。

玛瑟琳很美。你们知道的，你们全都见过她。我责怪自己起先竟然没注意到这点。我对她太过稔熟，她在我眼中没有一丁点儿的新鲜感；我们两家是世交，我看着她出落成妙龄女子，对她的花容月貌视若无睹……我生平第一次吃了一惊，她是那么优雅动人。

简单的黑色草帽上一袭宽面纱随风飘动；一头金发，但不会给人以羸弱之感。她的长裙和短上衣全都是用苏格兰格子花呢制成，这是我俩一同挑选的。我不希望她为了给我父亲守孝穿得太过沉闷。

她感到我在看她，转向我……那时的我对她只有强装的殷勤；我用冰冷的恭维来替代爱意，勉勉强强吧，我心知她有点厌烦了；玛瑟琳是否在那一刻觉察到我看她的眼神第一次变了？轮到她目不转睛地看我；然后，她冲我笑了，柔情似水。我一言不发地在她身边坐下。之前的我是为自己而活，或者至少说，按自己的心意在活；我结婚了，却从未细想过妻子扮演的角色，只把她当作同伴，我也根本没有考虑过我俩的结合会改变我的生活。就在刚才，我终于明白了，独角戏落幕了。

我俩孤零零地待在甲板上。她的前额探向我；我温柔地把她搂入怀中；她抬眼；我亲吻她的眼睑，落唇的刹那，我突然感受到了一种全新的怜惜之情；它来势汹涌，我忍不住落下了泪水。

“你怎么了？”玛瑟琳问我。

我们开始聊天。她风趣的言辞令我喜出望外。关于女性的愚蠢，我有过一些偏见。而在她身旁，在那个傍晚，是我本人显得笨嘴拙舌。

所以，我要共度一生的那个女子，她拥有自己的真实人生！那个晚上，这个重要的想法令我辗转反侧；我好几次起身，去望一望下铺的玛瑟琳，我的妻子，她在沉睡。

第二天，晴空万里；大海也算平静。几次并不仓促的交流慢慢消弭了我俩的尴尬。婚姻生活正式拉开帷幕。10月最后一天的早晨，我们抵达了突尼斯。

我本打算只在那里做短暂停留。我向你们承认我的愚蠢：这个新兴国度于我而言没有多少吸引力，除了迦太基以及几处罗马帝国的废墟，奥克塔夫和我提过的提姆加德[1]、苏塞[2]的马赛克镶嵌画，还有特别是杰姆[3]的圆形剧场，我提议我们刻不容缓地奔向那里。我们先要到达苏塞，再从苏塞乘驿车；我坚信这一路上不会有令我分心的景点。

但是，突尼斯出乎我的意料。全新的感受一拥而上，我那些沉睡的官能至今从未用上，还保留着神秘的朝气，而今苏醒过来。我太惊讶了，目瞪口呆多过乐在其中，尤为令我欣喜的是玛瑟琳表现出的喜悦。

可是，我的疲惫日益加剧；但我认为俯首称臣太没面子。我咳得厉害，觉察出上半胸有异样。我们即将前往南方，我想着；炎热的气候能让我缓过劲来。

斯法克斯[4]的驿车晚上八点离开苏塞，凌晨一点穿过杰姆。我们订了前车厢的位子。本以为马车又破又旧，坐着也不会舒服；没成想还安顿得挺舒坦。可是，那个寒冷

---

[1] 古罗马皇帝图拉真于公元100年建立的古罗马城市，1982年被列为世界遗产。

[2] 位于突尼斯东部哈马马特湾畔。

[3] 杰姆拥有数个在非洲享誉盛名的罗马帝国遗迹，包含埃尔·杰姆圆形剧场。

[4] 突尼斯第二大城市。

啊！……我们怎么就轻信了南方气候宜人？我俩穿着单薄，只带了一条披肩。马车驶出苏塞，脱离了群山的庇护，风开始呼啸。它在平原上下翻腾，嘶吼，尖叫，无孔不入地钻进门缝；我们无从招架。抵达时，我俩冻僵了；我的情况更严重，马车的颠簸令我筋疲力尽，我一阵狂咳，整个人都要散架了。糟糕的一晚！——我们到了杰姆，但没有客栈；只有一座丑陋的堡垒。怎么办？驿车再次上路。村庄沉沉睡去，无尽的黑夜中隐约可见废墟凄凉的轮廓，狗在吠。我们走进一间土房，里面支了两张寒碜的床铺。玛瑟琳冷得发抖，但在屋里至少能躲避寒风。

第二天，阴沉沉的。出门的时候，我们惊讶地发现天空是一成不变的灰。风仍在刮，气势相较昨天弱了些。驿车要到傍晚才会经过这里……我告诉你们，那真的是凄凉的一天。圆形剧场不一会儿就参观完了，令人扫兴，在那阴霾天空的笼罩下更显丑陋。或许疲劳感也起了推波助澜的作用，我愈发感到烦闷。临近中午，无所事事的我再次回到遗迹现场，徒劳地在石块上寻找铭文。玛瑟琳避开风口，在读一本她幸好带出门的英语书。我坐回她身边。

“这天气凄凄惨惨的！你很无聊吗？”我问她。

“没有，你瞧，我在看书呢。”

“我们来这里是干什么呢？你至少不觉得很冷吧。”

“不太冷。你呢？天呐！你脸色煞白。”

“没有……”

晚风愈发强劲……驿车终究是来了。我们再次启程。

车子刚颠了几下，我就觉得人要散架了。玛瑟琳累坏了，很快枕着我的肩头睡去。我的咳嗽声可能会吵醒她，我想着，于是小心翼翼地、小心翼翼地腾出肩膀，扶住她的身子靠向车壁。我不再咳嗽了，不咳了：喉咙有了痰，这够新鲜的；我不费吹灰之力就咳出了痰；时不时地咳出一点；这种感受太过奇特，我起先都乐在其中了，但很快又犯恶心，嘴巴里充斥着莫名的味道。手帕就快没法用了。手上满是痰液。我要叫醒玛瑟琳吗？……幸好，我记起她腰带上系了一块大丝巾。我轻手轻脚取下。我不再憋着喉咙口的痰，越咳越凶，反而感到如释重负。伤风感冒算是结束了吧，我心想。可冷不防的，我感到虚弱不堪；天旋地转，眼见要晕过去。我要叫醒她吗？……啊！呸！（自打我这个清教徒的童年时代起，我想，我一如既往地憎恶因为虚弱而缴械投降；我立马将此命名为“软弱”。）我重打起精神，咬紧牙关，终于压下了晕眩……我仿佛再次置身海上，车轮滚滚变为浪声涛涛……不过，我止住了咳痰。

此后，我随着马车行驶沉入梦乡。

我醒来时，天空映满朝霞；玛瑟琳还在睡。我们快到了。我手中的丝巾是深色的，所以起先我没看出异样；可当我掏出手帕，惊讶地发现那上面全是血。

我第一个念头是要瞒着玛瑟琳我咳血了。可是，要怎么办？——我身上血迹斑斑；现在看清了，到处都是；特别是我的双手……就当鼻子出血了……就这么办；万一她问起，我就说鼻子出血。

玛瑟琳仍在睡。目的地到了。她先下车，丝毫没有察觉。我们订了两间房。我冲进自己的房间，洗干净血迹。玛瑟琳什么都没有看见。

然而，我太过虚弱，叫人为我俩端来热茶。她为我倒茶时，脸色有些许苍白，但平静安详、笑眼盈盈，我心生恼怒，她竟然对我的病情一无所知。我明白这个想法有失公允，我对自己说：她什么都没看见，那是我隐瞒得好；可有什么用呢，没得救了，这种情绪在我内心滋长，如同某种本能，占据了我……最终，它变得太过强烈，我忍不住了，看似漫不经心地说道：

“我咳血了，昨天夜里。”

她没有大呼小叫；只是脸色更加苍白，踉踉跄跄地想要稳住身子，却重重跌倒在地板上。

我激动地一个箭步冲上前去：“玛瑟琳！玛瑟琳！”——天呐！我究竟做了什么？我一个人生病还不够吗？——然而，正如我说过的，我极其虚弱；眼看我也要晕过去。我打开门，找人帮忙，有人应声跑来。

没记错的话，我的行李箱里有一封交给本城军官的介绍信；我用这封信派人找来军医。

玛瑟琳已然恢复神志；她此刻坐在床头，而我躺在床上，因为寒热直打哆嗦。军医赶来了，对我俩进行了检查：玛瑟琳安然无恙，他打包票道，那一跤没对她造成影响；至于我，病得很重；他甚至不愿给出明确诊断，只是承诺天黑前再来一次。

军医又来了，冲我微笑，和我说话，给我药片。我明白了，他认为我得了不治之症。——我要向你们老实交代吗？我没有感到丝毫震惊。我累了，缴械投降了，就这样。——“毕竟，人生给了我什么呢？我兢兢业业地工作直到生命尽头，我义无反顾、满怀热情地履行我的义务。剩下的……啊！管它呢？”我这么想着，觉得自己的斯多葛主义颇值得称道。令我无法忍受的是此地不堪入目。我看着这间房说："这客房真难看啊。"我突然想到，在隔壁同样的房间内的是我的妻子玛瑟琳；我听见她在说话。医生还没走，在和她交谈；两人试图压低声音说话。——过了一会儿，我兴许是睡着了……

当我醒来时，玛瑟琳就在我身边。我明白她哭过了。我对人生并不怀有足够的爱，我不会自怨自艾，可粗陋的房间令我烦恼；我把目光落在她身上，觉得赏心悦目。

此刻，她正在我边上写信。她在我眼中美艳动人。我看着她封上几封信，然后起身走到床边，温柔地握住我的手：

"现在感觉怎么样？"她问我。我笑了，哀婉地说：

"我会痊愈吗？"她回答道："会痊愈的！"她的口吻热情洋溢、斩钉截铁，连我都差点信了，我模模糊糊感知到了她的爱，以及人生会是怎样的光景，我隐约看见了那动人的美好幻景，泪水夺眶而出，我哭了好久，既没心力也没意愿止住泪水。

她是怀着何等强烈的爱助我离开苏塞；她的照料无微不至，我受到保护、关照、看顾……从苏塞到突尼斯，从突尼斯到君士坦丁，玛瑟琳可敬可佩。我要到了比斯克拉[1]才慢慢康复。她信心满满，一路热情高涨，做了万全准备，安排行程食宿。她尽力而为了，唉！否则这趟旅途会更加折磨人。好几次我认为应该停下，到此为止。我汗如雨下，仿佛垂死之人，透不过气来，数次丧失意识。——第三天晚上，我抵达比斯克拉，如同死人一个。

[1] 位于阿尔及利亚东北部撒哈拉沙漠边缘。

## 二

为什么要讲述最初几天的经历呢？它们还留下了什么？那段可怕的记忆无声无息。我不知道自己是谁，也不清楚身处何方。我只看到，玛瑟琳，我的妻，我的命，俯身在奄奄一息的我的床上。我明白，是她无微不至的照料，是她绝无仅有的爱，拯救了我。终于有一天，就像迷失了方向的航海者看见了陆地，我感到生命之光重新点燃；我可以冲着玛瑟琳微笑了。——为什么要一五一十讲述这些？关键是，诚如人们所说，死亡用它的羽翼在我身上轻拂而过。关键是，我惊奇地发现我还活着，每一天都闪耀着始料未及的光。在此之前，我想，我这人是无法理解自己活着这件事的。我应该怀着悸动的心去发现生活。

终于有一天，我可以起床下地了。我们的家让我完全着了迷。它简直就是个露台。多棒的露台啊！我和玛瑟琳的两间卧室都面向露台，它又延伸至屋顶上。登高远眺，就能越过鳞次栉比的房屋看见棕榈树；越过棕榈树，就是沙漠。露台一侧和本城公园相连，就近的金合欢树绿影婆娑；露台另一侧靠着庭院，那是一个中规中矩的小院落，种了六棵常规的棕榈树，从露台沿着台阶而下就能来到庭院。我的卧室宽敞透风，雪白的四壁上空无一物，一扇小门通向玛瑟琳的卧室，还有一道玻璃大门开向露台。

日子在流淌，没了时间概念。多少次，沉浸在孤独中的我又重温了那段漫长时日！……玛瑟琳陪在身边。她读书，做女红，写信。我无所事事，看着她。哦，玛瑟琳！……我看着。我见到了太阳，见到了暗影，看那道阴影不断移动；我几乎无法思考，只能观察。我还很虚弱，呼吸不畅，做任何事都觉得累，甚至阅读也是；此外，读什么呢？活着，我已自顾不暇。

一天早晨，玛瑟琳笑盈盈地走进来：

"我带了一位朋友来。"她说。我看见有个面色黝黑的阿拉伯小孩跟在她身后进屋。他叫贝希尔，那双沉默的大眼睛盯着我。我有点儿尴尬，这尴尬劲儿已经让我乏了；我一言不发，表现出恼怒的样子。那孩子见我态度冷漠，窘迫起来，转身求助玛瑟琳，像个小动物似的亲昵地蜷缩进她的怀里，抓起她的手亲吻起来，随之露出两条赤裸的双臂。我注意到在那轻薄的白袍和打满补丁的呢斗篷下面他什么也没穿。

“去吧！坐那边。”玛瑟琳把我的尴尬看在眼里，对他说道，“你只管玩，安安静静的。”

男孩席地而坐，从呢斗篷的帽兜里掏出一把刀、一截木头，开始打磨。我猜想，他是要做个哨子。

没过多久，我不再因为他在场而感到尴尬。我看着他，他似乎已然忘记身在何处。他光着脚丫，脚踝和手腕诱惑动人。他操使着那把拙劣的小刀，那股子灵活劲儿着实有意思……我真的会对这一切感兴趣吗？……他的头发剃成了阿拉伯式样，寒酸的小圆帽上本应装流苏的地方徒留一个圆洞。白袍有点往下掉，露出小巧可爱的肩膀。我起了念头，想要摸一摸。我俯身，他转身冲我微笑。我示意他把哨子递给我，我接过那东西，摆出十分欣赏的样子。——此刻，他打算离开了。玛瑟琳送给他一块蛋糕，我给了他两个苏。

第二天，我第一次感到烦闷；我在等待，等待什么？我无所事事，忧心忡忡。最终，我忍不住了：

“贝希尔今天上午不来了？”

“你想的话，我去把他找来。”

她留下我一人，下楼了；过了一会儿又独自回来。我怎么变得如此病态？看见她回来时没有带着贝希尔，我难过得想哭。

“太晚了，”她对我说，“孩子放学了，跑得没了影。有一些很可爱，你知道的。我想他们全都认识我。”

“至少，想办法明天把他叫来。”

过了一天，贝希尔来了。他像前天那样坐下，掏出小刀，削起十分坚硬的木头，他削得太过卖力，刀刃扎进了拇指。我吓得一激灵；他哈哈大笑起来，向我展示那亮晶晶的伤口，饶有兴趣地看着鲜血滴滴答答往下淌。他咧嘴一笑，露出一口洁白的牙齿；他兴致勃勃地舔舐伤口，舌头是粉色的，像猫儿的舌头。啊！他多么健康。这是我钟爱他的一点：健康。这个小小的躯体健康极了。

此后一天，他带了弹珠来，想让我陪他一起玩。玛瑟琳不在，否则她会拦住我的。我犹豫了，看着贝希尔；男孩扯住我的胳膊，把弹珠放进我的手心，逼我就范。我趴下的时候气喘吁吁，但尽量陪玩。最后，我坚持不住了，大汗淋漓。我扔掉弹珠，倒在扶手椅中。贝希尔有点儿懵，看着我。

“病了？”他乖巧地问道，那声音仿佛天籁。玛瑟琳回来了。

“把他带走，”我说，“今天上午我累了。”

过了几个小时，我咳出了血。我步履蹒跚地走在露台上，玛瑟琳正在自己房内忙活，幸好她什么都没看见。我感到喘不上气，于是深呼吸了一下，事情就突然发生了。我的嘴里满是……并非初期咳出的鲜血，而是一大块恶心的血块，我厌恶地吐到地上。

我走了几步，踉踉跄跄，心绪不宁，浑身颤抖，既害怕又生气。——因为直到此刻，我一直以为自己在一点一点康复，我只需耐心等待。这突如其来的变故又让我前功尽弃。奇怪的是，最初的咳血并没有给我造成多大触动：时至如今，我犹记得那时的我算得上沉着冷静。那么，我此刻的害怕、恐惧来自哪里？因为，我开始，唉，热爱生活了。

我转回身去，弯腰找到血块，用一截稻草把它挑起来，再用手帕兜住。我看着它。那丑陋的血块几乎发黑，黏糊糊的，恶心极了……我想起贝希尔那鲜红的血……突然之间，我起了欲念，这种念头比起我之前有过的七情六欲来得更加激烈，更加迫切：活着！我要活下去。我要活下去。我咬紧牙关，握紧拳头，我孤注一掷，痛心疾首地努力活下去。

前一天我收到了T的来信，针对玛瑟琳连珠炮似的发问，信里提供了很多医学建议；T还随信寄来了几本医学普及小册子以及一本更加专业的书，后者在我看来更像正经出版物。我漫不经心地读完了信，没碰那些印刷品；首先，它们类似我儿时讨厌的那种道德小册子，我压根提不起兴致，那些建议统统让我感到厌烦；此外，我并不认为《结核患者手册》《结核病实用疗法》适用于我的病情。我不觉得我得了结核病。我理所当然地认为我的初次咯血属于特殊情况；或者，老实说，我没想过病因，我避免想这个问题，也不愿意深究，就算还没痊愈，我也自认差不多了……我读了信，囫囵吞枣地读了那本专业书，还有小册子。我恍然大悟，原来我并没有得到应有的治疗。直到此刻，我活得顺其自然，寄托于渺茫的希望；——我突然觉察到，我的性命遭遇了攻击，而且正中命门。敌人人多势众、虎视眈眈，就活在我体内。我听到了，我在窥伺，在感知。不经历斗争我无法战胜敌人……我喃喃自语，像是为了说服自己：这事关意志。

我如临大敌。

夜幕降临：我在制定战略。现下，我的研究课题只有一个，那就是康复大计；我的责任就是保持身体健康；但凡有益健康的，都是好的、“正确的”，我要遗忘、摒弃不良习惯。——晚餐前，就呼吸、锻炼和饮食这几点，我做出了决定。

我们是在小亭子里进餐，露台将其围住。只有我们俩人，清清静静，远离尘嚣，那种私密感让人心情舒畅。一个年老的黑人从隔壁饭店送来勉强说得过去的饭菜。玛瑟琳掌管订餐，点了这份，不要那份……我以前不太饿，也就不太在意东西难吃或分量不足，玛瑟琳习惯了节食，她不知道也没意识到我并没有吃饱。大快朵颐，这是我下的第一个决心。我打算今晚就开始执行。——可我无法付诸行动了。我们吃了难以下咽、不知所谓的肉末蔬菜杂碎，还有烤过头的烤肉。

我怒火中烧，把一肚子气都撒到了玛瑟琳身上，冲她讲了一通过分的话。我指责她；听我那话的意思，她应该对难吃的饭菜负有责任。我定下了饮食制度，却要推迟执行，这片刻耽误成了天大的事情；我忘记了先前的日子，仿佛这顿失败的晚餐会搞砸一切。我固执己见。玛瑟琳必须进城搞来一个罐头，或者，管他什么的肉酱。

她很快回来了，带着一个小瓦罐，我狼吞虎咽，差不多吃了个精光，似乎是为了向她、向我自己证明我的胃口有多大。

当晚我们达成一致：饭菜质量要更好，还要加餐，每三小时一餐；第一餐定在早上六点半。为了弥补饭店糟糕的饭菜，需要采购各种各样的罐头食品……

那晚我失眠了，一想到新的饮食制度带来的新疗效，我不禁兴奋起来。我想，我有点发烧了；矿泉水在那里，我喝了一杯，又一杯；到了第三次，我干脆一口气把整瓶喝光。我像复习功课一样重温了自己决心要做的事；我要掌握敌意，用它对付一切事物；我必须和一切进行斗争：我的救赎只能仰赖我自己。

最终，我看到夜空发白；天亮了。

这是大战的前夜，我枕戈待旦。

第二天是周日。老实说，我并不在意玛瑟琳的信仰；出于冷漠或者谨慎，在我看来这和我没有多大关系；此外，我也不看重这事。那天，玛瑟琳去望了弥撒。等她回来后，我得知她为我祈祷过。我直勾勾地看着她，然后，用我最温柔的口吻说道：

“不用为我祷告，玛瑟琳。”

“为什么？”她问道，有点不安。

“我不喜欢主的恩赐。”

“你拒绝主的帮助？”

“毕竟，他要我感恩戴德。这就产生了义务，我不想要。”

我们是用玩笑的口气说的，但我俩都明白这番话的重要性。

“靠你自己是没法康复的，可怜的朋友。”她叹了口气。

“既然如此，那也没法子了……”之后，眼见她郁郁寡欢，我不算突兀地加了一句，“你会帮助我的。”

## 三

关于我的肉体，我可以聊很久很久。我还有很多要说，你们乍一听会以为我忘记了精神层面。我对精神的忽视，在我的叙述中是刻意为之；当时的情况就是这样。我没有足够的力气来维持双重生活；精神和其他，我想着以后再考虑吧，等我身体再好点。

我离好转还差得很远。一有风吹草动便冒汗、发冷；就像卢梭说的，我“气短”，偶尔低烧；常常是一早醒来就疲惫不堪，消沉地陷在扶手椅中，对一切无动于衷；我心无旁骛，所有心思都用在保持呼吸顺畅上。我按部就班、认认真真地艰难呼吸；呼气时会发出两声颤音，我用了极大毅力也无法完全克制住；要等好久之后，还得集中精神才能避免这种情况。

然而，最令我痛苦的是，我对温度变化变得异常敏感，已然病态。而今记起此事，我想除了身体抱恙，我还经历了神经失调，否则我无法解释那一连串病症，在我看来，也无法简单地归因于结核病。我忽冷忽热，套上衣服，层层叠叠，夸张得可笑，不停打战直到开始出汗，我复又脱去，冷战立马袭来，汗又收住了。肉体的某些部位冰冰凉，就算出汗，摸上去仍像冰冷的大理石，我用尽手段都没法热乎起来。我对冷十分敏感，洗脸时有滴水落到脚上，都觉得要感冒，对热同样敏感……我保留了这种敏感，保存至今，而现在我是为了从中获取快感。在我看来，敏锐的感官，因着机体强壮抑或脆弱，会转变为乐事抑或苦恼。曾经的我苦不堪言，现在的我乐在其中。

我不知道此前是如何做到关窗睡觉的；我听从了T的建议，尝试在晚上打开窗户，先是一点点，很快，就开得大大的；不消时日便成了习惯、需求，窗户一旦关上，我就透不过气。此后，我欣喜地感知到晚风拂面，月光洒下……

终于，我迫不及待地告别了大病初愈阶段。得益于日复一日的照料、纯净的空气、丰盛的饮食，我很快好了起来。我担心爬楼梯会喘不上气，所以至今没有离开过露台；1月的最后几天，我终于壮起胆子走下花园。

玛瑟琳陪在我身边，随身携带一条披肩。正是下午三点。当地时常起大风，接连三天刮得我倍受煎熬，现在风停了，天气和煦宜人。

那是一个公园……十分宽敞的小径从中穿过，两排高大的金合欢树投下婆娑阴影。树荫下摆了长凳。一条水渠，不算宽，但够深，几乎笔直地和小径并排而行；其他更小的水渠纵横交错，将渠水引向园中各处花木；滞重的水泛着大地色，类似粉色或灰色的黏土。几乎没有外国人，只有寥寥几个阿拉伯人四处游荡，一旦离开了太阳，身上的白袍就蒙上一层阴影。

我一脚踏入这奇怪的阴影中，顿感异样，不由打了个冷战，随即裹紧披肩；但我没有感到不适，恰恰相反……我们在长凳上坐下。玛瑟琳沉默不语。阿拉伯人打前面经过，之后来了一群孩子。玛瑟琳认出了其中几人，向他们打手势；他们走上前来。她告诉我这些孩子的名字；他们提问，回答，微笑，噘嘴，玩小游戏。面对这一切，我略微有点不快，不适感再次袭来；我乏了，身上汗津津、黏糊糊。但我要承认，令我尴尬的，不是孩子，而是她。是的，她在场让我束手束脚。我起身，她便如影随形；我拿掉披肩，她便接住；要是我重新披上披肩，她准会说："你又冷了？"还有，我不敢当着她的面同孩子说话，在我看来，有些孩子受到了她的庇护；我不由自主，却也是刻意为之，转而对其他孩子产生了兴趣。——我们回去吧，我对她说；我打算回头独自来公园。

她第二天早上十点要出门，我瞅准了时机。小贝希尔每个早上都来，几乎一天不落，他拿上我的披肩；我落得轻松，心情舒畅。小径上差不多只有我俩；我走得很慢，坐上歇会儿再继续往前走。贝希尔跟在身边，叽叽喳喳，像是一条机敏的忠犬。我走到了水渠边妇女洗衣的地方；河道中央放了一块平整的石头；有个女孩趴在上面，脸朝向水面，水中的手把细枝投掷出去复又捞回。她赤裸的双足浸在水里，湿漉漉的，肤色显得更深了。贝希尔走到她身边，同她攀谈；她转身，冲我微笑，用阿拉伯语回答贝希尔。——“那是我的妹妹。”他告诉我，他接着解释道，他的母亲要来此处洗衣服，妹妹在等她。她叫拉德拉，阿拉伯语中意为“绿色”。他讲述着一切，那声音悦耳、清脆、稚气，我听得心潮涌动。

“她问你要两个苏。”他继续说。

我给了十个苏，正打算离开，他们的母亲，也就是洗衣妇来了。那是一位可敬的女性，身形健壮，宽阔的额头文了刺青，头顶一筐衣服，就像古希腊时代头顶贡品篮的少女；她和她们一样，只用一块深蓝色大布蔽体，靠腰带束缚住上半身，裙摆自然垂落到脚边。她一看到贝希尔，就劈头盖脸骂了起来。男孩不甘示弱回嘴，女孩也掺合进来，三人的争吵愈演愈烈。最终，贝希尔屈服了，他让我明白母亲今早需要他；他沮丧地把披肩递给我，我只能独自离开。

我还没走上二十步就感到披肩重得无法承受；我大汗淋漓，看到第一条长凳赶紧坐下，指望着有个孩子突然出现，帮我卸下负累。那个人很快出现了，一个十四岁的高个男孩，黑得像苏丹人，他一点也不腼腆，自顾自介绍起来。他叫阿舒尔。要不是瞎了一只眼，他在我眼中也算是俊小伙。他喜欢说话，告诉我这条河的源头在哪里，流经公园之后，它将一路奔袭，贯穿绿洲。我听着他说话，忘记了疲惫。贝希尔确实能逗我开心，但我对他太过熟悉，很高兴能换换口味。我打算改天独自来公园，坐在长凳上，静候不期而遇……

我又停停走走了几次，终于和阿舒尔来到门口。我想邀他上楼，可没这胆子，我不知道玛瑟琳会作何感想。

我在餐厅见到了她，她忙着照料一个年幼的孩子，那孱弱的样子我看在眼里，起初我对他是厌恶多过怜悯。玛瑟琳有些战战兢兢地对我说：

“这可怜的孩子病了。”

“至少不是传染病吧？他怎么了？”

“我还没搞清楚。他全身都痛。他说不好法语，等贝希尔明天来了，他可以当翻译……我喂他喝了点茶……”

之后，她见我站在那里一言不发，像是为了辩解：

“我认识他很久了，”她继续说，“我不敢把他带来；生怕你会受累，兴许还会惹你生气。”

“为什么不呢？”我大吼大叫，“只要你乐意，尽管把孩子全都带来！”我想着我本可以把阿舒尔带上楼，我有点懊恼没敢付诸行动。

思索间，我看向妻子；她充满母性，温柔似水；她的柔情着实动人，小孩离开的时候生龙活虎。我说起散步，委婉地让玛瑟琳明白我为什么喜欢单独外出。

平常的夜晚我总要惊醒几次，醒来时浑身冰凉或者大汗淋漓。今晚睡得很好，几乎没有醒过。第二天一早，我一过九点便打算出门。天气晴朗；我感觉精神焕发，精力充沛，兴高采烈，或者说，我是乐在其中。风止住了，和煦温暖，我还是带上了披肩，想着以此为借口结识为我拿披肩的人。我说过，公园紧连着露台，所以不消片刻我就到了。我欣喜若狂地踏入公园的阴影中。空气在闪闪发光。先开花再长叶的金合欢树馥郁芬芳，又或者是某种未知的淡香从四面八方袭来，透过不同的感官沁入我体内，激得我精神一振。我呼吸更加舒畅了，步履愈发轻松，看到第一条长凳便坐下，但不再倦怠，反而飘飘然、欣欣然。我看着。暗影轻盈、浮动；它不会落在地上，仿佛是刚好摆放在上面。哦，光线！——我在倾听。听到了什么？没有，又什么都有；每一种声响，都让我兴致盎然。——我记起有株灌木，树皮远远望去出奇坚硬，我不禁想要起身亲手去摸一下。我的触碰像是爱抚，我沉迷其中。犹记得……我终是在那天上午才诞生于人间？

我已然忘记了孤身一人，没有了等待，遗忘了时间。直到那天，我这人似乎感知得少思考得多，我惊讶地发现，原来我的感官和思虑同样强烈。

我刚才用了“似乎”，因为那千百种失落的感觉终于从我的幼年深处迸发出千百束微光。我再次意识到我的感官，诚惶诚恐地感激起来。是的，我的感官，此时此刻觉醒了，重新记起了整个故事，填补上过往的空白。它活了！它活了！它从未泯灭，只是在我埋头做学问的那些年岁中，它狡猾地选择了蛰伏。

那天，我没有邂逅，我反倒为此高兴；我从口袋中掏出一本小巧的荷马著作，离开马赛之后就再没翻开过，我重读了三句《奥德赛》，默记在心，在文字节奏中找到了丰沛的精神食粮，沉醉其中，悠闲自得，我合上书，静坐的身体在颤抖，比我料想的更加强烈，麻木的精神充盈了幸福……

## 四

与此同时，玛瑟琳欣喜地发现我在渐渐康复，几天来一直在和我唠叨绿洲上的果园多么不可思议。她喜爱户外和散步。我这场病倒是让她落得自在，她可以出门好久，回来时心醉神迷；此前她绝口不提，不敢鼓动我跟她一起出门，也担心她那兴高采烈的叙述会让我黯然神伤，因为我无福消受。可既然我好转了，她相信徒步的裨益能助我痊愈。我起了心思，重新对散步和看风景产生了兴致。第二天，我们一同出门。

她领我走上一条奇特小径，我在其他地方都没见过。两边是高耸的土墙，小径懒洋洋地穿行其中；花园的形状受到高墙所限，随心所欲地侵占掉小径的一部分，最终变得弯弯曲曲，断断续续；刚一踏上，转了第一个弯，我们便失了方向，分不清身在何处，也不知去往何处。一条河流和小径相伴而行，沿着一边的高墙缓缓流动；垒墙的土和小径的土如出一辙，整个绿洲都是这样的土，一种呈暗玫瑰色或者淡灰色的黏土，经水冲刷后颜色会更深一些；骄阳晒裂了土地，在高温炙烤下坚硬无比，不过一场暴雨又将它泡软，赤脚走上去，会留下印记。棕榈树探出高墙。我们走近时，斑鸠四散飞走。玛瑟琳看向我。

我忘记了疲劳和拘束，信步前行，沉浸在一种心醉神迷、静谧喜悦之中，感官和肉体都在躁动。此时，轻风乍起，每一片棕榈叶都在晃动，我们瞧见最高的棕榈树吹弯了腰；之后，风止住了，我分明听见墙后传来了笛声。墙上开了一道口子，我们从中而入。

那地方光与影交织，悄然无声，它似乎不受时间影响，充斥了寂静和颤动，流水潺潺，流经了棕榈树，斑鸠审慎的啁啾、孩子的笛声穿梭在林间。孩子在牧羊，他坐在砍倒的棕榈树树干上，几乎赤裸，并没有因为我们靠近而慌乱逃走，只是顿了一顿，又继续吹奏笛子。

在这短暂的静默中，我注意到，远处传来另一人的笛声，交相呼应。我们又往前走了会儿，之后，玛瑟琳说：

“没必要走得更远了，这些果园大同小异，绿洲尽头的果园只是更大一点……”她把披肩铺在地上：

“休息下。”

我们在那儿逗留了多久？我没有概念；——时间有什

么意义？玛瑟琳陪在我身边；我躺下，脑袋枕在她膝头。笛声悠扬，偶尔会中断，继而再次响起；水声淙淙……山羊时不时咩咩叫。我闭上双眼，感觉玛瑟琳冰凉的手抚上我的额头，感觉炙热的阳光经棕榈叶过滤后变得和煦；我什么都不去想，思考有什么意义？那种感觉太过离奇……

间或传来新的声响；我睁开眼，那是清风穿林；风不会吹到我们身上，它只会摇动高耸的棕榈树……

第二天早上，我和玛瑟琳故地重游；那天傍晚，我又独自前往。吹笛的牧童也在。我走上前去，同他说话。他叫拉西夫，才十二岁，长相俊秀。他告诉我那些山羊的名字，还告诉我水渠在当地叫作 seghias[1]；我从他那里得知，它也不是终日流淌；渠水经过精打细算的分配，解除植物的饥渴之后就立马被抽走。每棵棕榈树下都挖了一个小坑，用于储蓄灌溉树木所需的水；有一套精巧的水闸系统，男孩一边向我解释一边操纵闸门，他可以控制水流去往更缺水的地方。

[1] 阿拉伯语音译，指露天灌溉水渠。

后一天，我见到了拉西夫的兄弟：他年长一些，相貌却差一点；他叫拉什米。他借助所谓的梯子，其实就是砍掉的枝叶在树干上留下的疤，一下子爬上了修了顶枝的树顶，接着敏捷地爬下来，露出飞扬的斗篷下金色的胴体。他从树顶带回小巧的陶罐：人们在棕榈树上划开一道口子，再把陶罐挂在旁边，用来承接树汁，再酿成阿拉伯人钟爱的美酒。我应拉什米之邀，品尝了棕榈酒；味道寡淡，口感苦涩，质地黏稠，我喜欢不上来。

此后的日子，我越走越远；见到了其他的果园，其他的牧童，还有其他的山羊。玛瑟琳说过，果园全都一样；其实它们各有千秋。

玛瑟琳有时陪我；更多的时候，我一到果园门口就和她分开，我让她相信我累了，想要坐坐，她不用等我，她想要走得更远的；于是，她抛下我独自完成散步。——我留在那里，和孩子为伍。我很快认识了很多孩子，和他们长时间地交谈；我学会他们的游戏，又教授他们其他游戏，最后输光了所有钱。有些孩子陪我走到远方（我散步的距离逐日递增），给我指一条回程的新路，帮我拿上大衣和披肩，我偶尔会把这两样都带出门；分手前，我给每人塞了点零钱；他们有时会跟上我，打打闹闹，直到门口；有时，他们最终越过了那道门。

玛瑟琳这边也带回一些孩子。那是学校里的学生，她鼓励他们好好学习；下课后，乖巧的学生上楼来；我带来的孩子是另一番景象；不过，游戏让两类孩子玩到了一起。我们每天用心准备糖浆和甜点。很快，其他孩子也不请自来。我记起他们每一个人，我仿佛又见到了他们……

1月将尽，天气没来由地变糟了；寒风呼啸，我的健康立马受到影响。那片横亘在城市和绿洲之间的开阔空间再次变得无法逾越，我只能退而求其次选择公园。然后，下雨了，冰冷的雨水；眺望北方，群山连绵，银装素裹。

那凄风苦雨的时节我是在火炉边度过的，我郁郁寡欢，愤怒地和疾病抗争，后者凭仗着恶劣气候已然占了上风。真是凄凉的日子：我既不能读书也无法工作，稍稍费点劲就会渗出黏人的汗水，集中注意力让我精疲力竭，一旦没有留心呼吸，就会喘不上气。

在那段凄惨的时日中，孩子，是我唯一的消遣。雨天，只有那些最熟悉的孩子才会上门；他们的衣服湿透了，于是围成一个圈，坐在壁炉前。时间过去了很久，没有人说话。我太累了，太难受了，除了看着他们什么都做不了；但他们的活力治愈了我。玛瑟琳怜惜的孩子孱弱，太过乖巧；我在生她还有那些孩子的气，最终我把他们统统赶走。说实在的，他们让我害怕。

一天早晨，我对自身有了新奇的发现：莫克蒂尔，我妻子那些宠儿中唯一一个不让我讨厌的（许是因为生得俊俏），和我待在卧室里，只有我俩；此前我对他的喜爱程度一般般，但他明亮又阴郁的目光令我着迷。那种我无从解释的好奇心，促使我留意他的一举一动。我站在火边，胳膊肘架在壁炉台上，前面放了一本书，仿佛是在聚精会神地看书，其实我在通过镜子观察身后的孩子。莫克蒂尔并不知道自己正被监视，以为我沉浸在书本中。我看见他不声不响地靠近桌子，玛瑟琳在自己的女红活儿边上留了一把剪刀，他偷偷抓住剪刀，以迅雷不及掩耳之势塞进斗篷。我的心脏一阵狂跳，但经过理性思考后没有产生一星半点的反感。更有甚者，我无法证明那充溢了我内心的情感绝不是喜悦之情。我等到莫克蒂尔从容不迫地完成偷窃之后才转过身同他说话，仿佛什么都没有发生过。玛瑟琳非常喜欢这个孩子；不过，我觉得我并非是怕她伤心，我见到她时，非但没有揭发莫克蒂尔，反而编了一个天知道什么的故事，把剪刀丢失这件事搪塞了过去。自那天起，莫克蒂尔成了我的至爱。

## 五

我们不能在比斯克拉耽搁下去了。2月的雨成了历史，气温陡然升高。接连数天大雨滂沱，日子难熬得很。一天早晨，我一觉醒来，发现自己置身在碧空之下。我立马起床，奔向露台制高点。天空，从一头到另一头，清澈如洗。骄阳似火，水汽蒸腾，整个绿洲在冒烟，依稀听得远处重新泛滥的季节河在咆哮。空气纯净，天气晴朗，我一下子觉得好多了。玛瑟琳走过来，我俩计划外出，不过泥泞的马路令我俩望而却步。

时隔数日，我俩重游拉西夫的果园；枝头沉甸甸、软绵绵，似乎吸饱了水分。这片非洲土地，我对它的期许还一无所知，经历了漫漫冬日的蛰伏，而今它从冬眠中苏醒过来，水令它如饥似渴，新鲜的汁液令其焕发光彩。它在生机勃勃的春日中恣意欢笑，我在内心感知到了它的回响，恰似我的分身。起先是阿舒尔和莫克蒂尔陪伴我们；我仍旧享用他俩轻浮的友谊，每天只需花上半个法郎就能获得它；但我很快厌倦了他们，因为不再虚弱的我无需倚仗健康的范本，还有，我无法从他们的嬉戏中汲取快乐的食粮，于是转而投向玛瑟琳，靠她来激发我的思维和感官。可在她的喜悦之中，我觉察到之前的她一直郁郁寡欢。我像孩童似的向她道歉，说自己常常忽略了她的感受，我把一切归因于病弱的身子，所以脾气才会变得捉摸不定、古里古怪，我宣称之前因为抱恙才无法给予她更多的爱，可我感到，随着我的身子骨强壮起来，我对她的爱意也越来越强烈。我说的是真话；可兴许我还是太虚弱，又过了一个多月，我才对玛瑟琳产生欲望。

气温蹭蹭往上升。比斯克拉没有值得我们留恋的——但这座城市的魅力，我在往后的岁月中仍会惦念。心血来潮下，我们做出了离开的决定，用了三个小时完成行李打包工作。火车会在第二天拂晓时分启程……

我尤记得最后一夜。月亮几乎是满月，银辉穿过洞开的窗户，洒遍我的卧室。玛瑟琳睡着了，我想。我躺在床上，无法入眠。我感到浑身滚烫，那是一种幸福的狂热，它不可能是别的，只能是生命力……我从床上起来，用清水打湿双手和脸庞，然后推开玻璃门，走了出去。

时间很晚了，没有一点动静，没有一丝微风，就连空气似乎也酣然入睡。远处隐约传来阿拉伯人家的犬吠声，就像豺狼一样通宵嗷嗷叫。我的眼前是个小庭院，对面的高墙投下倾斜的阴影；齐整的棕榈树失去了颜色和生机，似乎岿然不动……然而，在沉睡中我们可以找到一丝生命的悸动，——这里的一切似乎不是入睡了，而是死去了。这种宁静令我恐慌；突然之间，对人生的悲凉情绪又占据了我，像是要在寂静之中发出抗议，露出真容，哀呼嗟叹，这情绪太过强烈，几近痛苦，排山倒海般袭来，我差点要大喊大叫，如果我能像动物那样大喊大叫的话。我握住双手，我还记得，右手握住左手；我想要举过头顶，我做到了。为什么？我想要确认我还活着，想要相信人生美好。我摸了摸额头和眼睑，打了个冷战。总有一天——我想——总有一天，我会没有足够的气力把水送到嘴边，就算我饥渴难耐……我回到房里，没有再次躺下；我想要定格住今夜，将记忆印刻在我的脑海中，永远铭记；我打不定主意接着要做什么，于是拿起桌上的一本书——那是《圣经》——随手翻开，就着月光阅读起来；那是耶稣对彼得说的话，那些话，唉，我记忆犹新：“现在，你自己束上带子，随意往来；但年老的时候，你要伸出手来……”[1]你要伸出手来……

次日天一亮，我们出发。

[1] 出自《圣经·约翰福音》第二十一章第十八节。

## 六

我无意细数每段旅程。有些只留下朦胧的印象；我的健康时好时坏，冷风一刮便岌岌可危，一朵云投下的阴影都让我担惊受怕，精神状态也问题频出；不过，至少肺病在好转。每次复发，时间变短了，病情变轻了；即便来势汹汹，我身经百战的肉体也可以扛住。

我们从突尼斯到马耳他，接着抵达叙拉古[1]；我又回到了熟悉的土地上，那里的语言和历史我了如指掌。发病伊始，我过上了无法无天的日子，我只要全力以赴地活下去，就像动物或孩童。而今，疾病不再占据我的全部注意力，我的生活重拾笃定和清醒。经过了这次久病，我本以为一切会恢复如初，我的现在和过往很快会衔接上；身处新奇的未知国度，我可以这么自欺欺人；可到了这里，办不到，一切都在向我揭示一个仍让我感到惊讶的事实：我

---

[1] 西西里岛上的一座古城。

变了。

在叙拉古以及此后落脚的城市，我打算重启研究，就像先前一样投入到对历史的细致研究中，可我发现，某些东西不能说让我没了兴趣，至少变了味；其中的原因，就是对现时的感知。而今历史在我眼中一成不变，是比斯克拉小庭院中那骇人的、不变的暗影，是死亡的静止。之前，我喜欢这种不变，它能让我的思考变得清晰明确；历史上的所有事件在我看来都如同博物馆中的展品，或者用一个更好的比喻，如同植物标本，它那干巴巴的终极形态让我忘却了。曾几何时，它也充满了汁液，活在阳光之下。现在，如果说我仍旧喜欢历史，那是因为我可以将其投射到现时。重大政治事件激起的内心波澜远远不及我对诗人或者某些实干家重新燃起的热情。我在叙拉古的时候重读了忒奥克里托斯[1]，想到他笔下有着好听名字的牧童就是我在比斯克拉爱过的那些。

慢慢觉醒的博学多才给我造成了负担，妨碍了我感到快乐。参观古希腊剧院、寺庙时，脑海中立马开始重新搭建。每个古代节日留下的废墟令我黯然神伤，欢乐已逝，

[1] 古希腊著名诗人、学者，西方田园诗派的创始人。

我惧怕死亡。

最终，我逃离废墟；相较于最美的古迹，我偏爱人们口中的“天堂花园”，在那里，柠檬具备了柑橘的酸甜，在纸莎草中流淌的赛阿尼[1]的河流蓝得一如她为珀耳塞福涅哭泣那日。

最终，我鄙视起我的学识，它最初是我骄傲的资本；研究，原先是我生活的全部，现在看来它和我缔结起的联结充满偶然，具有约定俗成性。我发现了另一个自我，我可以存在，哦欢愉！即便没有研究。身为学者，我这人笨头笨脑。身为人类，我了解自己吗？我初来人世，不再知道降于人世的我到底是谁。这就是我要学习了解的。

对于将死之人，没有什么比缓慢康复更悲惨的事。死亡的羽翼轻抚之后，要紧的不再要紧；其他不重要的，抑或我们都不知道存在的事，反倒要紧了。习得的所有知识覆盖在我们的神智之上，它分崩离析了，像是脂粉一样开裂，裸露出肌肤，裸露出那个隐藏起来的真实的人。

从那时起，我想要发现他：那个真实的人，那个“古

---

[1] 希腊神话中西西里岛上的水神，她居住的湖泊和河流都用她的名字来命名。冥王哈得斯强行掳走珀耳塞福涅的时候，赛阿尼出面阻止，被哈得斯变成了湖泊。Cyané 在希腊语中有“蓝绿色”的意思。

老的人”[1]，他不为福音书所接受；他，曾经被我周遭的一切，书籍、导师、亲戚和我本人，妄图消灭。幸而有层层涂改，他仍旧未经打磨、难以发现，因此才更值得发现，更是难能可贵。我从那时起鄙视第二人格，这是我习得的，是教育构造出来的。我要抖掉那些涂抹修改。

我自比为隐迹纸本[2]；我体味到了学者的乐趣，他们在近期的文本下面，在同一张纸上还能发现更加古老、弥足珍贵的文字。那被掩盖的文字，它是什么？为了阅读，当务之急难道不是擦拭掉最近的文字？

因此，我不再是那个虚弱、勤勉的个体了，它和我过往的道德感——刻板严厉和条条框框——相得益彰。我经历了不止一次康复期；我的生命力在滋长，在爆发，更加丰沛、更加炙热的血液触动了我的思想，又逐一渗透，即便是我体内最遥远、最纤细、最隐秘的纤维也被撼动了，染上了色彩。强壮还是虚弱，人总能适应；个体是依据他所具备的力量构建而成；然而，如果力量增长，还能达成更多的事，那么……这些想法，我当时还未产生，我的上

---

[1] 英语版本中使用了 old Adam，可以理解为“带着固有罪恶，未赎过罪的人”。

[2] 指擦掉旧字写上新字的羊皮纸稿本，但可用化学方法使原迹复现。

述描述有不实之处。实话实说，我压根没有思考，也没有自省；某种幸福的宿命在指引我。我生怕仓促的检视会侵扰我的秘密，我在缓慢蜕变。还是留待时间让擦拭掉的性格再次显现，切忌试图刻意塑造。我的大脑不是要放弃它，而是让它休息一阵，我要欢欣雀跃地投身自我，投身在我看来一切显得神奇的事物。我们离开了叙拉古，我奔跑在陶尔米纳至拉莫勒的崎岖道路上，大喊大叫，我在召唤他降临：全新的自我！全新的自我！

我唯一做出的努力，持之以恒的努力，就是有条不紊地蔑视或废除我认为过往的教育和最初的道德塑造的一切。我铁了心地看不起我的学识，我鄙夷我的学者品位，我拒绝参观阿格里真托[1]，几天后，在前往那不勒斯的路上，我没有在美丽的帕埃斯图姆神庙前稍作停留，它还散发着古希腊的气息。两年后，我又去那里膜拜了不知道哪个神明。

我为什么要说这是唯一的努力？我怎么会对自己感兴趣，除非那是一个可以完善的个体？这种未知的完美，我只是模模糊糊设想过，我从未有过如此强烈的意愿力求实

[1] 阿格里真托市拥有大批古建筑遗址，世界文化遗产神殿之谷位于此地。

现；我立志要强健体魄，晒黑皮肤。临到萨勒诺，我们远离了海岸线，前往拉韦洛。那里的风更疾，怪石嶙峋，山谷深不见底，我游兴大增，精神抖擞，兴致高昂。

拉韦洛，它远离了海岸，天空近在咫尺，城市坐落在陡峭的高地上，遥望帕埃斯图姆平坦的海岸线。诺曼底人统治时期，这是一座重要城池；如今沦为了小村庄，我想，我们是仅有的外国人。我们下榻的旅馆是一幢原作宗教用途的老房子；它矗立在岩石尽头，露台和花园仿佛高悬在蓝天之中。越过爬满葡萄藤的围墙，乍一看除了大海别无他物；要靠近墙边才会看见耕田顺着阶梯而非小径，从拉韦洛一路往下直至海岸。拉韦洛的上方，山脉绵延不绝。先是橄榄树、巨大的角豆树；树荫下种植着仙客来；海拔更高处，栗树长成了一大片，凉爽的气候适合北方植物；海拔较低处，柠檬树扩张到了海边。受陡峭的地势所限，所有植物栽种在一小块一小块田地上，尽是千篇一律的阶梯花园，一条狭窄的小径贯穿而过，可以偷偷摸摸、悄无声息地溜进去。在绿荫下做做白日梦；树叶茂密、滞重，任凭直射的阳光都无法穿透；垂在枝头的柠檬仿佛一颗颗浓稠的蜡滴，芳香四溢，在树荫笼罩下或发白或发绿；口渴的话，可以随手采摘，味道甘甜、浓烈，吃着爽口。

我走得汗流浃背，却不敢稍作停留，阴影太过浓重。不过，台阶不会累到我了，我训练自己闭上嘴巴攀爬；每次拉长一点歇脚的距离，我对自己说：我要坚持住，咬牙走到那儿；我到达目的地，既高兴又骄傲，作为奖赏，我用力地深呼吸，感到空气更有效率地渗透进我的双肺。我把先前做学问的勤勉用在了保养身体上。我在取得进步。

我偶尔惊讶于这么快就恢复了健康，恍惚以为当初过于夸大了病情；我甚至怀疑是否病重过，我自嘲地记起咳血，遗憾地想到我的病没有更加棘手。

我最初的保养方式愚蠢透了，忽略了身体需求。我进行了耐心研究，巧妙得当地运用我的审慎和细致，像是玩游戏一样乐在其中。仍旧令我不适的，是我能病态地感知到温度最细微的变化。既然我的肺已经康复，那我就把这种过度敏感归咎于神经衰弱，也算是这场病的后遗症。我下定决心要克服它。我看见有些农民大敞着外衣在田间耕作，裸露出黝黑漂亮的肌肤，仿佛浸润了日光，我受此鼓舞也打算晒黑。一天早上，我脱光衣服，看着自己；入目的是太过纤细的胳膊，用尽全力也没法挺直的双肩，尤其是苍白的或者说毫无血色的皮肤，我羞愧难当，快要哭出来了。我迅速穿上衣服，没有像往常一样前往阿马尔菲[1]，而是选择了有杂草和青苔覆盖的岩石，那里远离民居和道路，我知道没人会看见我。我一到那里，便缓缓脱去衣服。疾风，烈日。我把整具躯体交托给如火的阳光，或是端坐，或是躺下，或是翻身。我感受到身下坚硬的地面，摇曳的杂草一扫而过。尽管找了避风口，每一阵风吹来时我还是冷得直打哆嗦，浑身颤抖。但没过多久，和煦的温度将我包裹，整个生命涌向皮肤。

我们在拉韦洛逗留了两周；每天早上，我去岩石那边晒日光浴。很快地，我身上多穿的衣服成了累赘；我那经过强化的表皮不再没完没了地出汗，它可以按照体表温度进行自我保护。

最后那几天的某个早晨（时值 4 月中旬），我又进了一步。我提过此地岩石堆叠，其中一处有清泉流过。泉水顺势而下成一道瀑布，说实话，水量不大，不过在落水的冲击下，形成了一个深潭，聚起一池清水。我去过三次，俯身躺在潭边，饥渴难耐，欲火焚身；我长时间地凝视光可鉴人的岩石底部，没有一点污渍，没有一根杂草，跃动

[1] 该镇位于一个深谷的谷口，被壮观的悬崖及海岸景色包围。

的阳光射入水中，绽放出五彩光芒。第四天，我一步步向前走去，早已铁了心，直至踏入水中，池水清澈无比，我未做过多思考就整个人浸入水中。不消片刻便冻僵了，我爬出水潭，躺在草地上，头顶着太阳。那里种了薄荷，芳香扑鼻；我采下几片，揉搓过后，涂抹在湿漉漉又火辣辣的胴体上。我久久地看着自己，羞耻感荡然无存，内心充盈喜悦。尽管还不够强壮，但我可以做到，觉得自己匀称，性感，近乎英俊。

## 七

因此，我所有的行为、所有的工作都让渡给身体锻炼，诚然，这暗示着我的道德观发生了改变，但于我而言这只是一种训练，一种方式，而且已经不再能满足我了。

另一个举动，在你们看来或许滑稽可笑，但我仍要旧事重提，因为它彰显了我那孩子气的需求，我心心念念地想要展现出我这个个体的内在变化，于是，在阿马尔菲我刮掉了胡子。

此前的我留着胡子和平顶短发，从未想过换个发型。突然之间，也就是我第一次赤身裸体躺在石头上的那天，胡子碍到了我；它就像是我最后该脱掉的那件衣服，如同一件假物；我的胡子经过精心修剪，两头不是尖尖的，而是修得四四方方，现在看来又讨厌又滑稽。我回到酒店房间，端详镜中自己，不由心生厌恶：我的样子符合我之前的身份——巴黎文献学院的毕业生。吃完午饭，我马上去阿马尔菲，主意已经打定。城市很小，只能将就着在广场上找了个理发摊。那天有集市，店里人满为患，我等到了天荒地老；但我不会打退堂鼓，尽管那刮胡刀看着令人生疑，獾毛刷发黄，还有股气味，理发师喋喋不休。我感觉到我的胡子在剪刀的活动下掉落下来，仿佛摘下了面具。管它呢！后来，我照镜子时，涌上心头的，我尽量克制的情绪，不是喜悦，而是害怕。我无意讨论这种心虚变化，我只是把它说出来。我发现我的五官还算英俊……不是的，我之所以害怕，是因为我以为别人可以看穿我的所思所想，而我的所思所想突然变得很可怕。

另一方面，我任由头发长长。

这就是无所事事的、全新的我所做的一切。我本以为这全新的我会有一连串出人意表的举动，但要再等等，再等等，我告诉自己，等个体更加成熟。等待的同时生活必须继续，我和笛卡尔一样临时起意，随机行事。此举骗过了玛瑟琳。我的眼神确实变了，尤其是剃掉胡子的那天，我那焕然一新的样貌，恐怕是令她惴惴不安了，但她深爱着我，对我的改变视而不见，此后我又尽力宽慰她。当务之急是让她不要妨碍我的重生；为了避开她的目光，我只能遮遮掩掩。

那人才是玛瑟琳爱的，才是她嫁的，不是“全新的自我”。我反反复复告诫自己，乐此不疲地瞒天过海。因此，为了忠于过往，我交托给她的形象变得日益虚假。

在此期间，我和玛瑟琳的关系一如既往——尽管随着爱意渐浓，我俩的互动更加活跃。因着我的掩饰（如果我们可以这么称呼我的需求，我需要保护我的思想，免受她的评判），爱意与日俱增。我想说，这个游戏迫使我无时无刻不留意玛瑟琳。或许说谎的不自在起先让我有点为难；但我很快明白了，所谓最恶劣的事（撒谎，只说这点）之所以难做，那是因为没做过；一旦做了，那很快就会得心应手、开开心心地重蹈覆辙，不消时日便顺其自然。于是，克服了最初的厌恶感之后，我在掩饰这件事上找到了乐趣，并乐在其中，仿佛在把玩自己未知的才能。每一天我都在进步，在愈发丰盈充实的生活中，迈向更加有滋有味的幸福。

## 八

从拉韦洛到索伦托，沿路风景优美，那个早晨的我从未指望过能在地球上看到更美的景色。炙热粗砺的岩石、充沛的空气、四溢的芬芳、澄澈明朗的一切，凡此种种涌进体内，我品味到了活着的美妙乐趣，心满意足，仿佛只有轻盈的欢乐常驻我心；回忆或遗憾、希望或欲望、未来和过去全都噤声；关于人生，我仅仅知晓当时当刻赐予的和带走的。——哦，肉体的欢愉！我欢呼雀跃，我的肌肉在稳定地律动！健康！……

我大清早出发，先于玛瑟琳一步，她太过冷静的喜悦会折损我的，就像她的步伐会拖慢我的一样。她乘马车前往波西塔诺，我们将在那里会合，共进午餐。

快到波西塔诺的时候，我听到车轮奏出低沉、古怪的歌声，于是猛然回头。起初，我什么都没看见，因为马路此时正处于弯道，旁边就是悬崖峭壁；之后，马车冷不丁现身了，跑得飞快，是玛瑟琳乘坐的那辆。车夫从座位上站起来，声嘶力竭地吼叫，动作幅度很大，他在恶狠狠地抽打惊恐的马匹。畜生！马车从我面前驶过，我只来得及让到边上，车夫听得我的呼喊也没作停留……我一个箭步冲上去，不过，车速太快了。我既担心玛瑟琳会突然跳下马车，又生怕她继续待在车里；马儿万一受了惊，连人带车颠下海……它冷不防地跌倒了。玛瑟琳下了车，作势逃开；此时，我已经来到她身边。车夫一见我，就对我破口大骂。我脾气上来了；他刚骂出口第一句，我便冲上去，一下子把他从座位上推倒在地。我和他扭打在地上，我还是占了上风；这一跤似乎把他给摔懵了，我眼瞅着他想要张口咬我，于是朝着他的面门狠狠挥了一拳，他更懵了。但我没放过他，我用膝盖抵住他的胸膛，试图控制住他的双手。我看着他那丑陋的面貌，刚才的那一拳又让他的丑陋雪上加霜；他又是吐口水又是咳痰，一边流血一边骂人，啊！可怕的家伙！真的！就算把他勒死，也合情合理——我或许真下得了手……至少我自认有这个能力；但我想到了警察，我确信是这个念头阻止了我。

我不费吹灰之力把那个疯子五花大绑起来，像是对待麻袋一样，把他扔进车厢。

啊！我们四目相对，拥吻在一起，这是怎样的目光和激吻。风波并不严重；然而，我必须展现我的力量，我要保护她。我立马感到，我可以为了她献出生命……而且是欢欣雀跃地献出……马儿站了起来。我们把车厢留给酒鬼，我俩一同坐在车夫的位子上，好歹是把马车驾到了波西塔诺，然后是索伦托。

就在那一晚，我拥有了玛瑟琳。

你们是否已经了然，抑或我需要重申，我对鱼水之欢毫无经验？或许正是因为我俩都是新手，新婚之夜才如此圣洁……而今忆起往事，在我看来，第一次是独一无二的，有爱情的期许和惊喜来为肉体的欢愉助兴，短短春宵足以诠释何谓深情，我反反复复回想起那一夜，只是那一夜。那是刹那的欢笑，我俩的灵魂互相交融……然而，我认为那是爱的句点，独一无二的爱，灵魂，啊，此后徒劳地想要逾越；灵魂试图重燃幸福，却在努力中耗尽了它；阻拦住幸福的，莫过于对幸福的回忆。唉！我又想起了那一晚……

我们的旅馆位于城外，四周环绕着花园和果园；一个大阳台从我们的卧室延伸出去；枝桠紧紧贴着。晨光自由地穿过洞开的窗户。我轻手轻脚地支起身子，柔情蜜意地俯身凑向玛瑟琳。她还睡着，她似乎在梦中微笑。我感到自己变得强壮，而她愈发娇弱。我思绪纷乱。我想起了她不会对我撒谎，她说过我是她的全部；我转念又想：“那么，为了让她开心，我做了什么？我几乎整日整日地不理她；她对我有所期待，而我弃她不顾！……啊！可怜的，可怜的玛瑟琳！……”我热泪盈眶。我想要拿我过往的孱弱作为借口，但这是枉然；现在的我照旧自私自利，一味要求无微不至的照料，这又是为了什么？此刻的我难道不是比她更强壮？……

微笑从她的嘴角消失；晨曦把每一件东西染成了金色，可落在我的眼里，她猛然显得凄惶、苍白；许是白天来临，我陷入了焦虑不安：“是否有一天，会轮到我照顾你？为你担忧，玛瑟琳？”我的内心在呼喊。我打起了冷战，内心翻涌着爱情、怜悯、柔情，我在她紧闭的双目间轻柔地落下最温存、最钟情、最虔诚的吻。

## 九

我们在索伦托度过的数日洋溢着欢笑，风平浪静。此前的我有没有品味过这样的休憩和幸福？此后的我还能否有同样的体验？……我无时无刻不黏在玛瑟琳身边，对自我的关注变少了，对她的关注增加了，我在和她的闲谈中找到了乐趣；而先前的日子里，我是在沉默不语中寻找欢乐。

这种颠沛流离的生活，我乐在其中，我先是意外觉察到，原来玛瑟琳是把它当作临时状态来喜欢；可闲散的日子很快让我感到无聊；我承认它只是一时的，健康已经恢复、无所事事的我头一次重新燃起了工作的欲望——我郑重其事地提起了回程。玛瑟琳面露喜色，我明白过来她很早之前就在想这件事了。

然而，我打算重启的那些历史研究于我而言已经变了味。我告诉过你们：自打生病起，关于历史抽象、中立的认知全都成了空，不久前的我还沉溺于语言学研究，致力于，譬如，描述哥特文化在拉丁语演变过程中发挥的影响，无视或者看轻狄奥多里克[1]、卡西奥多罗斯[2]、阿玛拉逊莎[3]之流以及他们令人肃然起敬的激情，我的热情局限在他们生平的印记和后世影响上，现在，同样的印记以及所有文献，在我看来不过是一种工具，帮助我深入了解“蛮族的伟大和高贵”。我决定主攻这一时期，把范围划定在哥特帝国末年，我可以好好利用我们下一段在拉文纳的行程，正是在那里哥特帝国上演了它的垂死暮年。

不过，我要承认，年轻的阿塔拉里克国王[4]最为吸引我。我想象着这个十五岁的孩子在哥特人的暗中挑唆下，奋起反抗母亲阿玛拉逊莎，拒绝母亲施加的拉丁教育，他要挣脱这种文化，就像马儿要挣脱鞍辔的桎梏，比起太过正经规矩、老态龙钟的卡西奥多罗斯式社会，他偏爱还未

---

[1] 东哥特人领袖，东哥特王国的建立者。从 511 年开始，他还是西哥特王国的摄政王。

[2] 中世纪初期罗马城的政治家与作家，曾因为被东罗马帝国的军队俘获而在君士坦丁堡滞留，获赦后重返基督教事务，他的著述甚丰，影响了中世纪初期的基督教发展。

[3] 526 年至 534 年东哥特人女王，狄奥多里克大帝的第三个女儿。

[4] 东哥特王国国王，526 年至 534 年间是意大利名义上的统治者。母亲阿玛拉逊莎成为摄政王，她试图对儿子进行传统的罗马式教育，但东哥特贵族对她施加压力，试图让阿塔拉里克接受他们认为适当的教育。

开化的哥特社会，此后数年中，他，还有年龄相仿的粗鲁宠臣，活得轰轰烈烈，耽于声色，无法无天，十八岁便英年早逝，荒淫的生活把他给掏空了。阿塔拉里克向往更野蛮更原始的状态，我在他的可悲冲动中发现了某些东西，也就是玛瑟琳笑盈盈提起的“我的危机”。我寻求得到某种满足，至少我的精神可以投入其中，因为我还不打算让肉体也践行；鉴于阿塔拉里克的惨死，我努力让自己相信，应当吸取教训。

我们此后在拉文纳待了两周，在此之前，我们匆匆参观了罗马和佛罗伦萨，跳过威尼斯和维罗纳，之后草草结束旅行，回到巴黎。在和玛瑟琳谈论未来的时候，我发现了全新的乐趣；我们的夏季安排充满了某种不确定性；我俩都厌倦了旅行，无意再次出发；我需要清净的环境来做研究；我们想到了利雪和蓬莱韦克之间的一处房产，地处葱翠欲滴的诺曼底地区，这处房产先前属于我的母亲，儿时的我曾在那里和她一同消夏，可在她离世之后，我再也没有去过。父亲委托一个看守来维护和看管房子，他现在也上了年纪，负责收取租佃，再把钱汇给我们。那是一栋十分舒适的大房子，活水流过花园，对此我还保留着美好的童年记忆；我们把它叫作拉莫尼埃尔，我觉得到那里小住会是明智之举。

冬天，我打算在罗马过冬——这次是工作，不再是旅行……不过这个计划很快就被推翻了。我们在那不勒斯收到了一大包早已抵达的邮件，其中一封信的内容是我始料未及的，法兰西公学院目前有个空位，而我被提名了好几次；只是代课，这样我反倒可以拥有更高的自由度；通风报信的朋友还指出，如果我愿意接受，还有些简单的流程要走——他极力催促我应承下来。我犹豫不决，首先想到的是束缚，继而想到可以在课堂上分享我的卡西奥多罗斯研究，倒也是趣事一桩……最终，讨玛瑟琳欢心的念头让我下了决心。决定一旦做出，我就只能看到这件事的好处了。

我的父亲在罗马以及佛罗伦萨的学界颇有人脉，我也通过信件同他们保持联络。只要我想在拉文纳或其他地方开展研究，他们会为我提供各种便利资源；我一心扑在工作上。玛瑟琳想方设法鼓励我，对我的照料无微不至、殷勤体贴。

旅行临近尾声，我们的幸福一如既往，平静无波，我无意赘述。人类最美的杰作往往诞生于苦难。幸福的故事会是怎样的？除了酝酿幸福的，以及之后摧毁幸福的，也没有什么好说的。我现在所说的一切关乎幸福的酝酿。

# 第二部

## 一

7月伊始，我们抵达拉莫尼埃尔，我们在巴黎只做了短暂停留，采购了必需品，难得拜访了几个人。

拉莫尼埃尔，我说过，位于利雪和蓬莱韦克之间，那个地方，据我所知最是郁郁葱葱、潮乎乎。狭窄的丘陵连绵不绝，蜿蜒起伏，在不远处接入奥日大峡谷，然后一马平川，直到大海。看不见地平线；矮树林神秘莫测；散落着些许田野，但以牧场为主，错落有致地分布在缓坡上，茂盛的青草每年割两次，还有不计其数的苹果树，夕阳西下，树影交融在一起，无人看管的的畜群在树下吃草；每一个低洼处都积了水，汇成池塘、水潭或河流，潺潺流水声夜以继日。

啊！我又认出了那栋房子！蓝色的屋顶、砖石混砌的墙壁、水沟、平静水面中的倒影……那是一栋老房子，可以供十二人以上居住；玛瑟琳，三名仆人，有时我也搭把手，我们费了好大劲儿恢复了宅子部分的生机。我们的老看守，叫博卡热的那位，尽自己所能整理出几间房：旧家具从二十年的沉睡中苏醒过来；一切都还是我记忆中的样子，护墙板不算斑驳，卧室舒适宜居。博卡热为了欢迎我们，把能找到的所有花瓶都插上了鲜花。他找人把大庭院以及花园里面最邻近的小径除了杂草，耙平了地。我们抵达的时候，宅子接下了最后一缕夕阳，面前的河谷升腾起静止的迷雾，时而遮蔽时而露出河流。人还未到，倏忽间我辨别出了青草的气息；当我再次听到绕屋而飞的燕子发出尖利的叫声，往昔种种突然奔涌而来，就好像它一直在等我，在认出我的刹那，在我靠近之际，把我笼罩。

不消数日，宅子住起来更惬意了；我想要投入工作，却迟迟未动手，我的过往仍在我耳边低语，之后另一种全新的情感占据了我：在我们抵达一周之后，玛瑟琳告诉我她怀孕了。

我想，此后的我要给予她加倍的照料，她理应获得更多温存；至少在她告诉我秘密之后的数天，我几乎形影不离地守在她身边。我们来到森林边上，择一条长凳小憩，曾几何时我也和母亲并肩而坐；在那里，每一个瞬间都洋溢着欢乐，时间在不知不觉中流逝。我人生的那一阶段，如果说没有留下刻骨记忆，并非因为我没有感恩之心——

而是因为所有的一切交融在一起，汇聚为一成不变的安逸，夜晚平缓地衔接白天，一天又一天无波无澜地继续。

重启工作进展缓慢，但我心绪平静、精力充沛、笃信自己的能力，我憧憬未来，满怀信心，但绝不头脑发热，我的意志软化了，仿佛是听从了这片温和土地的建议。

毫无疑问，我想到，这片土地就是范例，对我施加了最好的影响，一切都会结出硕果，一切都会有收获。丰茂的草场上，健壮的公牛、蓄满乳汁的奶牛，预示着祥和的未来，这是我向往的。栽种在缓坡上的苹果树井然有序，已然昭告了夏天大丰收；我畅想着，累累果实压弯了枝桠。和谐的建立，依靠的是有条有理的丰饶、心悦诚服的征服、洋溢着欢笑的耕作，这绝非偶尔所得，而是刻意安排，一种节奏，一种美感，既是人为也是天成，一边是没有拘束的大自然的丰沃馈赠，一边是人类企图规划自然的睿智努力，天人合一，浑然一体，无法厘清应当赞赏的是哪部分。我想到，如果缺了人力控制下的蛮荒之力，那人为的努力有何价值？然而，如果缺了机巧的人力笑意盈盈地将其拦截并引向丰盈，翻涌的汁液承载的蛮荒之力又会如何？——我任由思绪驰骋，在我的梦想之地，所有的力量得到合理安排，所有的付出会有回报，所有的交换分毫不差，一点点的损耗都触目惊心；之后，我把我的梦想贯彻到生活中，我构建起一套伦理学，那是一门科学，借助明智的约束来实现对自我的充分利用。

那么，前一晚的波澜不宁又蛰伏、潜藏在了何处？鉴于现在的我冷静自持，或许那一切从未发生过。我的滚滚爱意掩盖了所有躁动……

不过，老博卡热在我们身边团团转，巴结逢迎；他指挥，他监督，他建议；他急需表现得不可或缺，却未免用力过猛。为了不冒犯到他，我们要检查他的账务，听他事无巨细的冗长解释。这还没完，我还要陪他巡视土地。他那好为人师的正直、滔滔不绝的话语、显而易见的自满，竭力表现出的老实劲，不多久便惹恼了我；他还越来越强人所难，为了夺回我的自由，我认为任何手段都是可取的——但是，一个突发事件为我俩的关系注入了不同的特质：一天晚上，博卡热告诉我，他正等着儿子夏尔第二天到来。

我说了一句“啊！”，几乎可以用漠不关心来形容，我从未过多考虑过博卡热是否有孩子；然后，我看到我的冷漠令他闷闷不乐，他是在指望着我表现出些许兴趣和意外吧。

于是，我问：“他在哪里？”

“在一个模范农场，阿朗松附近。”博卡热回答。

“他现在差不多有……”我接着说，一边估摸他儿子的年龄，此前我压根不知道他有个儿子，我放慢了语速，等着他插话……

“过了十七，”博卡热接话，“您的母亲去世时，他才四岁。啊！大小伙了；很快他要比他老爸懂得多了……”博卡热话头一起，就再也止不住，尽管我的厌烦表露无遗。

第二天，我都记不得这事了，夏尔在一天快要结束时风尘仆仆地赶到了，专程来向我和玛瑟琳问好。那是个俊俏的青年，健康、机灵、匀称，为了表示尊重他特意穿上外衣，这难看的衣服都没有让他显得滑稽可笑；脸上透出自然好看的红晕，即便面露羞涩，也看不太出来。他看上去只有十五岁，清澈的眼神里留存着稚气；说起话来，思路清晰，没有做作的局促，全然不像他的父亲，绝不说废话。我不记得第一个晚上我俩交流了什么；我只顾着欣赏，想不到话题，便让玛瑟琳同他聊天。第二天，我头一次没有等着博卡热来找我下田，我知道有个工程开工了。

事关水塘修补。这个水塘的大小和池沼相仿，一直在漏水；我们知道漏水点，需要用水泥堵上。首先清空水塘，这事儿已经有十五年没干了。塘里养殖了大量鲤鱼和丁鱵，有些体形太大，只会潜在塘底。我打算将那些鱼转移到水沟里，再匀出一些送给工人，那工作之余还能收获捕鱼的乐趣，因此农场上热闹非凡；附近的孩子纷纷跑来，混迹在工人之中。玛瑟琳稍后来和我们会合。

我到达时，水已经泄了很久。时不时地，一阵剧烈的颤动突然在水面掀起涟漪，慌乱的鱼儿隐约露出棕色的脊背。孩子赤脚踏进周边的水洼，抓起一条闪闪发光的小鱼，扔进装满清水的水桶。骚动不安的鱼搅动了塘里的水，泛起泥沙，一阵一阵变浑。鱼的数量超出了我们的期望值，四名农场工人一捞一大把。可惜玛瑟琳还没来，我决定跑回去把她带过来，恰在这时，有人欢呼着看到了鳗鱼。鳗鱼会从指间溜走，根本逮不住。夏尔此前陪伴父亲站在岸边，这时再也把持不住；他迅速脱掉鞋袜、外套和马甲，然后卷起裤腿和衬衫袖子，毅然决然踏进淤泥。我立马依葫芦画瓢。

“好啊！夏尔！”我喊道，“你昨晚回来可真及时？”

他未作回答，只是笑盈盈地看着我，他正忙着捕鱼呢。不一会儿，我唤他来搭把手，帮我圈住一条大鳗鱼；

我们四手合力终于捉住了……然后，一条又一条；淤泥溅到脸上；有时我们一下子陷了下去，水没到了大腿根；没过多久，我们全都湿透了。我们玩得不亦乐乎，零星交换几声呼喊，几句话语。待一天结束，我发现自己不知何时开始用“你”称呼夏尔。这次捕鱼活动加深了我们对彼此的了解，远胜一次长谈。玛瑟琳还没现身，她终究是没有来，不过我已经不再为她的缺席感到遗憾；她在场，兴许会有点败兴呢。

第二天，我去农场找夏尔。我俩朝森林走去。

我对自己的土地一无所知，而且并没有为此焦虑不安，令我大为吃惊的是，夏尔对此了如指掌，包括租金的分摊；他告诉我的事，我几乎没有起疑过，我有六个佃户，本可以收到一万六千至一万八千法郎的租金，如果说我勉勉强强只能得到这个数的一半，那是因为被各种各样的维修费以及中介费给蚕食掉了。他检查作物时露出的笑容不禁令我怀疑，我的土地是否得到了充分的开发利用，我起先以为是的，博卡热也是这么暗示的；我鼓励夏尔在这个话题上多聊聊，他身上那种务实的智慧，换到博卡热身上曾令我恼火，在这个孩子身上倒让我着迷。我们日复一日地散步；我的领地很大，走遍了所有角落之后，我们再次开始，更加有条有理。夏尔看见耕种糟糕的土地，被金雀花、翼蓟和两耳草侵占的空地，不会向我掩饰他的怒意；他引导我一同憎恨空闲的土地，一同憧憬更有规划的耕作。

“可是，”我先是对他说，“维护不当，谁会吃亏？只有佃户本人，不是吗？他的收益无论变多变少，佃租都不会上涨啊。”

夏尔有点生气了：“您什么都不知道。”他壮起胆子回答道，而我立马笑了起来。“不要只考虑收入，您不想看到财富受损吧。您的土地如果没有得到合理耕种，就会慢慢丧失价值。”

“土地要是得到了合理的耕种，那会带来更多收益，恐怕佃户会动心的；我知道他们最在乎这点，会尽自己所能获得更多收成。”

“您这种算法，”夏尔说下去，“没有考虑增加人手的成本。有些土地远离农庄。耕种这类土地，不会带来收益或者说几乎没有收益，但至少这些土地不会受损……”

谈话在继续。我们漫步田间，有时同样的事反反复复说上一个钟头；但我听着，渐渐了解了情况。

“毕竟，事关你的父亲。”我有天不耐烦地对他说。夏尔脸微微涨红：

“我的父亲年纪大了，”他说，“他有很多事要做，需要执行租约，维护房子，收取佃租。他的工作不包括改革。”

“你呢，你建议进行怎样的改革？”我追问道，他避而不答，宣称对此一窍不通；我再三坚持，迫使他给出解释：

“没收所有荒芜的土地，”他给出了最终建议，“既然佃户让一部分农田闲置，那就说明他收成很好，足以支付给您的佃租；他要是想要保留所有土地，那就提高租金。——这地方的人都是懒汉。”他又加了一句。

我名下有六个农场，我最乐意去的那个位于俯瞰拉莫尼埃尔的山丘上；我们叫它“拉瓦尔特里”；佃农并不讨人厌，我主动和他攀谈。离拉莫尼埃尔最近的农场叫作“城堡的农场”，只用半价放租，参照土地收益分成制，业主不在的情况下，博卡热可以得到部分家畜的所有权。我现在起了疑心，开始怀疑博卡热的为人，要么是他在骗我，要么至少是他任由别人骗我。他们确实为我保留了一个马厩、一个牲畜棚，但我很快发现，它们之所以存在，是为了方便农场主用我的燕麦和干草来饲养他的牛马。先前博卡热时不时向我汇报那些似是而非的消息：牲畜的死亡率、畸形，还有得病，我都是大度地听完，全盘接受。佃户的奶牛但凡生病了，就变成我的；而我的奶牛膘肥体壮，就变成佃户的；以前我从来没有想过这种可能性；然而，夏尔不经意的话语，加上我的个人观察，令我豁然开朗；脑子一旦开窍，便飞速运转。

经我提醒，玛瑟琳仔仔细细检查了所有账目，没有发现错漏；博卡热的诚信度逃过一劫。——怎么办？——顺其自然。——不过，暗自生气的我现在要留意自己的牲畜了，但不能做得太过明显。

我名下有四匹马和十头牛，足够我头疼的。四匹马中有一匹名叫“小马”，尽管它已经三岁多了，正在接受训练；我来了兴致，因为某个晴朗的日子，他们跑来告诉我这匹马桀骜不驯，一无是处，我最好就此放弃。似是为了打消我的疑虑，他们故意让小马踢坏了一辆小车的前部，马腿腿弯处也破皮流血了。

我那天竭力保持冷静，之所以忍住了，是因为博卡热面露尴尬。毕竟，他这人主要是懦弱，而非心眼坏，我想着，错在那些仆人身上；他们没有得到约束。

我来到庭院察看小马。鞭打马匹的仆人听见我的脚步声，转而抚摸起它来；我装作什么都没看见。我对马匹并不精通，只觉得那是一匹英俊的马；它拥有半纯血种，通体呈现浅浅的枣红色，身姿矫健；眼神非常灵动，马鬃和马尾几乎呈金色。我确认了它没有受重伤，叮嘱他们给它包扎好伤口，然后一句话也不多说就离开了。

傍晚，我见到夏尔，想要立刻听听他对小马的看法。

“我认为它非常温驯，”他告诉我，“但他们不得其法，他们会把它逼疯的。”

“那你会怎么做，你？”

“先生愿意把它交给我一周吗？”我反问他：

“你要做什么？”

“拭目以待……”

第二天，夏尔把小马牵到草场一处角落，一棵参天胡桃树投下阴影，河流蜿蜒而过；我在玛瑟琳的陪伴下来到那里。那是我最为刻骨铭心的一段回忆。夏尔给小马套上了一条几米长的绳子，一端系在固定在地上的木桩上。小马非常紧张，它拼了命地挣扎了一会儿；现在，它气馁了，情绪稳定下来，平静地绕圈；它小跑起来充满惊人的弹性，令人赏心悦目，仿佛一出舞蹈。夏尔站在圆圈中央，绳子每次绕到他脚下，他便轻盈一跳，同时用话语刺激或安抚小马；他手里捏着长鞭，我从未见他用过。他的神态、他的举止，因着他的血气方刚和高兴劲儿，赋予了这份工作一种美妙的、热忱的乐趣。转眼间他跨上马背，我都不知道他是怎么做到的；马儿奔跑的速度渐渐慢下来，最后突然停住；夏尔抚摸了几下马儿，我冷不丁发现马上的他自信满满，仅仅靠攥住马鬃就能维持平衡，他哈哈大笑，俯下身子，久久地抚摸马儿。小马稍稍反抗了一下；现在它又开始奔跑，步伐均匀、优美、灵动，我不由得妒忌起夏尔，我也如实告诉了他。

“还要再练上几天，等到它套上马鞍也不会难受；两周之后，夫人也能骑它了，它会温顺得如同小羊羔。”

他所言非虚；几天后，与我们建立了信任的小马任由我们抚摸、备鞍、牵引；要是玛瑟琳的身体状况允许，她也会骑上小马的。

“先生应该试试。”夏尔对我说。

要是只有我一个人，我是万万不敢尝试的；但夏尔提议他可以给农场上的另一匹马套上马鞍；想到有他陪伴，喜悦之情冲昏了我的头脑。

多亏了母亲在我儿时带我去过驯马场！马术课的遥远记忆派上了用场。坐上马鞍的那刻，我并没有感到特别意外；没过多久，我便无所畏惧，轻松自如了。夏尔骑的那匹没有血统，更加粗笨，可是并不难看；更何况骑马的夏尔英姿飒爽。我们养成了习惯，每天骑马外出溜达一圈；我们喜欢一大清早出发，青草还带着晨露；我们来到森林边缘，穿过湿漉漉的榛树，枝叶抖动，打湿了衣服；视野豁然开朗，那是奥日大山谷，隐约可见远处的大海。我们骑在马上，待上一会儿；初升的太阳为迷雾染上色彩，又将其破开、驱散；之后，我们策马奔腾，在农场上逗留片刻；工人刚上工，我们品味着先他人一步又凌驾于他人之上的自负自满；之后，冷不防地离开；我回到拉莫尼埃尔，玛瑟琳刚起床。

我回来了，新鲜的空气、极速的奔驰刺激得我晕晕乎乎，四肢有些麻木，那是一种心满意足的疲惫，我神采奕奕，欲望满满，思路清晰。玛瑟琳不仅认可，还鼓励我的心血来潮。我穿着护腿套便奔向床边，玛瑟琳在床上等我，我身上散发出湿润树叶的气息，她告诉我，她喜欢这味道。她听我讲述骑马，农田苏醒过来，农活日复一日地开始……她感受到了我鲜活的生命，从中收获的快乐似乎等同于自己亲身经历过。——但我很快滥用了快乐；我们骑马散步的路程越来越长，有时我要到中午才回来。

但我尽量留出下午和晚上的时间用于备课。研究有所进展；我心满意足，不再认为把讲义集结成册出版是不值一提的事。一方面，我的生活按部就班、一板一眼，我也乐于规划、安排周遭所有事情，可出于某种天性，我另一方面越来越迷恋哥特人野蛮的伦理观。在我此后授课的过程中，我不遗余力、没羞没臊地——人们大可以指责我——鼓吹、颂扬未开化的文明，与此同时，我竭心尽力想要控制——如果说不是消除的话，我周遭或者我体内任何会唤起“未开化”的因素。难道不是我在推动这种理智，或者说这种疯狂？

我名下两处农场的租约在圣诞节要到期，想要续约的佃户来找我；其实，按惯例只要签署一份名义上叫“租约”的文件。因得了夏尔的保证，日常交谈又让我满怀期待，我等待佃户的时候心里已有了计较。至于佃户，他们认定更换租客并非易事，开门见山要减少佃租。我当着他们的面念了亲自起草的租约，他们傻眼了，我非但拒绝了减租的请求，还要收回一些田地，因为我注意到他们根本没有利用上。他们起初付之一笑，以为我在开玩笑。我要这些地有什么用？它们一钱不值；他们之所以听任这些地荒着，是因为他们也不知道该拿它们怎么办……之后，他们见我是认真的，便要据理力争；我也寸步不让。他们威胁我要离开，想要吓唬我。我正等着这句话呢：

“哼！尽管走！我不会留你们的。”我告诉他们。我拿起租约，当着他们的面撕碎。

于是，我手头有了一百多顷的土地。前阵子我就考虑交给博卡热全权管理，想着也算是间接给了夏尔；我还打算留下部分亲自照管，但我压根没有考虑过如何经营，只是经营农场的风险令我跃跃欲试。佃户要住到圣诞节才会搬走：在此期间，大家还有转圜余地。我告诉了夏尔，他的开心立马败了我的兴致，他毫不掩饰，我感到他还是太年轻了。时间紧迫；这个时节，首批庄稼已经收割完毕，空闲的农田可以用来早耕。按照既定惯例，即将离开的租户和新来的租户一同工作，前者收完一块农田便放弃一块。我担心被撵走的两个佃户会恶意报复；他们反其道而行之，装得殷勤客气（我事后才知道他们可以从中牟利）。我便利用他们这份客气，每天晨昏两次策马奔腾在他们的农场上，不久之后它们就要重新属于我了。秋季到来了；需要雇更多的人来完成耕地和撒种的工作；我们购买了钉耙、碾压器、犁；我骑马代步，监督、指导工作，我在发号施令、呼风唤雨的过程中获得乐趣。

与此同时，隔壁牧场上，佃户在收获苹果；苹果掉落下来，在厚实的青草地里滚动，数量远胜往年；人手根本不够，邻村的都赶来帮忙；我们雇佣下这些临时工，为期一周；我和夏尔有时去搭把手，图个乐子。有人用竿子打下枝头晚熟的果子，自行掉落的果实另放一处，它们全都熟透了，落进高高的草丛里，不免有磕碰；一路走过去总会踩到。牧场上弥漫着酸酸甜甜的气息，和耕地的气息混杂在一起。

秋日的时光在流逝。那是最后几个晴朗的日子，早晨越发凉爽、澄澈。湿润的空气偶尔把远方染成了蓝色，还把它推得更远，散步成了远行；土地变得更加广阔；可是，那异常透明的空气有时又把地平线拉到眼前，仿佛触手可及；我不清楚哪种天气更令我萎靡不振。我的工作接近尾声；我至少这么说了，这样我才可以放心消遣散心。不在田间的时日，我全都留给玛瑟琳。我俩来到花园，慢慢走着，她挎着我的胳膊，无精打采，身子滞重；我们坐到长凳上，在那里可以眺望洒满了余晖的山谷。她温柔地靠在我肩头；我们就这样坐着，直到夜晚来临，没有动作，没有言语，仿佛和白昼融为一体……那是怎样的沉默包裹住了我们的爱情。玛瑟琳那强烈的爱意超过宣之于口的言辞，有时令我惶恐不安。仿佛清风吹皱了平静的水面，从她脸上可以看出最细微的情绪变化；她在倾听一个新生命在她体内不可思议地悸动；我俯身凑向她，仿佛她是一汪清澈深邃的水，目力所及，只能看到爱意。啊！如果那就是幸福，那一刻我本想攥住它，就像捧起双手，徒劳地想要留住流水；但我已然感觉到，除了幸福，还有某样东西在为我们的爱情增色，但那是晕染秋天的颜色。

秋意渐浓。每天早晨，草地越来越潮湿，森林边缘背阴面的草再也不会干燥，晨光熹微中，蒙上一层白霜。水沟里的鸭子扑棱着翅膀，激动不安；它们偶尔飞上天，发出洪亮的叫声，乌泱泱地绕拉莫尼埃尔盘旋一周。某个早晨，我们没再见到这些鸭子，博卡热把它们关了起来。夏尔告诉我每年秋天候鸟迁徙时都会这么做。过不了几天，天气突变。一天傍晚，狂风骤起，那是大海的呼吸，来势汹汹，倾巢而出，裹挟了北风和雨水，带走了候鸟。玛瑟琳的身体情况、安置新家的事宜、我课程的初期准备，让我们动了回城的念头。坏天气的时节来得太快，此处不宜久留。

后来因为农场事务我确实在 11 月回来过一次。听闻博卡热关于冬季的安排，我不禁火冒三丈；他告诉我，要把夏尔送去模范农庄，他还有很多东西需要学习；我和他聊了很长时间，摆出我能想到的各种理由，但他寸步不让，顶多愿意缩短一点夏尔的课程，这样他就可以早点回来。博卡热坦白相告，经营两个农场可不容易；不过，他物色了两个十分可靠的农民，他告诉我，他打算雇这两人，差不多算是农场主、佃农或劳工；在当地，这还是新鲜事儿，他还看不出好在哪里；但是，他说，是我想这么做的。——这场谈话发生在10月底。11月初，我们在巴黎定居。

## 二

我们把家安在S街，距离帕西[1]不远。这套公寓是玛瑟琳兄弟介绍的，我们上次途经巴黎时正好去实地看了一下，它比父亲留给我的那套大很多，玛瑟琳有点顾虑，不仅仅是因为租金更贵，还因为由此产生了各项开支。我假装害怕居无定所，以此打消玛瑟琳的顾虑；我迫使自己相信，还故意夸张了一番。安家的开销确实超出了我们今年的收入，不过我们家底丰厚，总会钱生钱；我指望我的讲课费，我的著作出版，真是异想天开啊！还有农场带来的新收益。面对每笔花销，我眉头都不皱一下，我告诉自己每一笔开支都是一道羁绊，我宣称花钱能打消我内心感到，或者以为感到的那种漂泊感。

最初几天，我们从早到晚忙于购物；尽管玛瑟琳的兄弟为人仗义，自告奋勇替我们跑腿办掉一些事，玛瑟琳

[1] 巴黎的传统富人区之一。

还是没过多久便累坏了。等我们安顿好，她非但没有得到休息——她的确需要休息，反而开始接待一批又一批的客人；我们先前离群索居，现在他们如潮水般涌来，不适应社交生活的玛瑟琳不知道该如何缩短客人的来访时间，更不敢把他们拒之门外；晚上我见到她筋疲力尽；如果说我不担心因自然因素导致的疲倦，但我总要想法子减缓她这种疲劳，于是我常常替她接待亲朋好友，我一点也不喜欢干这事，有时还要回访，那就更无趣了。

我从来都不是出众的交谈者；沙龙的轻浮和风趣，于我而言索然无味；我之前确确实实也是几个沙龙的常客——但那遥远的时光一去不复返了！那之后发生了什么事？我在其他人边上感到无聊、忧伤、生气，既让人尴尬自己也尴尬……说来真不巧，你们这几位，我心目中的真朋友，全都不在巴黎，而且短时间内不会回来。和你们聊天会更尽兴吧？你们兴许比我自己都更了解我吧？可那时在心头滋长，而今可以告诉你们的这些，我当时可曾明了？未来似乎是板上钉钉的事儿，我从未如此坚定地认为可以主宰它。

即便我心思更加敏锐，我从于贝尔、迪迪埃、莫里斯还有其他人那里又能获得什么帮助，这些人你们也认识，对他们的看法也和我相同吧？我很快就意识到了，唉！我说的话，他们听不懂。交谈伊始，我就要被迫扮演另一个角色，一个符合他们想象的我，还不能露馅；那么更方便的做法是，我就假装具有他们赋予我的观点和品味。内心真诚和表现真诚，两者不可能兼而有之。

我更乐意见见我的圈中人，那些考古学家和语文学家，不过，和他们聊天还不如翻阅出色的历史词典，那样我还更开心更激动。起先，我想要从某些小说家和诗人那里找到关于人生更加直白的感悟；可就算他们真有，那也不得不承认他们压根没有展现出来；他们大多数人仿佛从未活过，只是满足于装作活着，就差把生活视为写作的恼人阻碍了。我不会苛责他们，我无法断定错的是不是我……此外，关于生活，我是怎么想的？这恰恰是我希望别人告诉我的。所有人都熟练地聊着生活中的点滴，却从不提及触发这些事情的动机。

至于哲学家，他们的职责本该是教导我，但我很久之前就了然可以从他们那里获得什么；数学家或新式批评家，他们尽可能地远离纷扰的现实，不问世事，就像代数学家无视他们测量的数量存在与否。

我回到玛瑟琳身边，向她吐露日常交往给我造成的困扰。

“他们全都一个样，”我对她说，“每个人都在扮演双重角色，我和其中一人说话，仿佛是在和好几个人说。”

“可是，我的朋友，”玛瑟琳说，“您不能要求千人千面。”

“他们之间越是相似，我和他们的差别就越大。”

我继续说下去，语气更加沉郁：

“没人知道自己病了。他们活着，仿佛活着，仿佛不知道自己活着。还有我，我和他们待在一起的时候，我也不再活着。日复一日，我做了什么？早上九点我就要离开你，只有出门前我才有时间读读书；那是一天当中唯一的美好时光。您的兄弟在公证所等我，处理完公证的事，他还不放过我；我要和他一起前往挂毯商那儿；在木器厂，他碍手碍脚的，到了加斯通家，我才能撇下他；我在同一街区和菲利普共进午餐，之后去找路易，他正在咖啡馆等我，我俩一同去听了泰奥多尔荒唐的讲课，离开时不忘夸赞他几句；我拒绝了他的周日邀请，因为过意不去只能陪同他去亚瑟家；然后又和亚瑟去看了水彩画展，到阿尔贝蒂娜家和朱莉家递了名片……我踏进家门，精疲力竭，然后看见您和我一样累，接待了阿德丽娜、玛尔特、让娜、索菲……到了晚上，我回顾一天的行程，感到虚度了一日，多么空虚啊，我想要挽回逝去的时光，再一个又一个小时重温，我难过得想哭。”

然而，我本就无法给出我对“活着”的理解，我也无从判断我痛苦的秘密是否源自我对人生的见解，我想拥有更天高地广、更无拘无束的人生，不拘他人的束缚，无视他人的目光；这一秘密在我眼中愈发奇妙，因为我想到，这是一个死而复生者的秘密；我像局外人一般身处他人之间，如同从死人国度返回阳间的人。起初，我只是感到痛苦不安；但很快我萌生了一种全新的情感。当我的著作得到出版，收获了诸多褒奖，老实说，我没有自矜自得。放到现在，那算骄傲吗？或许吧；不过，至少没有掺杂一丝一毫的虚荣。我头一次意识到了自我的价值：至关重要的，是把我和他人区分开来，让我有别于他人的因素；他人不会说也无法说的话，将由我来说出口。

很快，我开课了；讲课主题是我中意的，我在第一堂课上倾注了新近生出的所有激情。我谈到了登峰造极的拉丁文明，我将它描述为人类的艺术文化瑰宝，它如同一种分泌物，起初有多血症和过度健康的迹象，但它很快凝固、僵化，禁止灵魂和自然的所有完美接触，在生命力绵延的表象之下掩盖了生命力的减弱，它形成一个套子，受到束缚的灵魂萎靡不振，很快陷入衰退，之后死去。最终，我说出自己的结论，文化，诞生于生命，又扼杀了生命。

历史学家，如他们所说，指责我的推断有操之过急之嫌。另一些人指摘我的方法，而那些恭维我的人恰恰是最不懂我的。

下课后，我第一次重遇梅纳尔克。我和他不常见面，就在我结婚前，他出发探险，一走就是一年多。我过去并不喜欢他；他为人似乎很高傲，对我的事儿也没兴趣。在第一堂课上竟然能见到他，我着实感到意外。他依旧桀骜不驯，先前我对他敬而远之，现在反倒喜欢上了他，他冲我微笑，这笑容在我眼中魅力非凡，因为我知道他本人不苟言笑。最近，他惹上了一桩荒唐、不光彩的丑闻官司，给了报刊泼他脏水的把柄；那些被他的傲慢和盛气凌人伤到过的人伺机报复；可最令他们受刺激的是，梅纳尔克似乎无动于衷。

“我们能做的，”面对中伤侮辱，他做出回应，“就是随他们喽，他们觉得在理就行，这能让他们好受点，毕竟他们什么都不是。”

可是，“上流社会”大为恼怒，那些所谓的“互相尊重”的体面人认为理应对他置之不理，嗤之以鼻。我又多了一层理由：我似是被一种神秘的力量吸引，走上前去，当着所有人的面和他亲昵相拥。

眼见我是在和谁聊天，最后几个讨厌鬼也悻悻离开，只留下我和梅纳尔克。

听过刻薄的评论和愚蠢的恭维之后，梅纳尔克就我的课程发表的三言两语反倒令我舒心。

“您在焚烧您的所爱，”他说，“很好。您开窍有点迟；不过，火力更猛。我不知道您是否听懂我的话；您让我着迷。我不会主动找人攀谈，但我想要和您说说话。今晚来我家吃饭吧。”

“亲爱的梅纳尔克，”我答道，“您似乎忘了我是已婚之人。”

“确实，的确如此。”他说，“您刚才大大方方地和我打招呼，我还以为您是自由身呢。”

我生怕伤了他的心，又唯恐显得懦弱，于是答应晚饭后去找他。

梅纳尔克只是巴黎的过客，因此他住在旅馆；考虑到暂住的需求，他租下几间房，布置成公寓的样子；雇用的仆人在别处用餐、生活，墙面上和家具上铺了他在尼泊尔高价购得的布匹，以此遮蔽旅馆家私的乏善可陈，等到布匹褪了色，他说，就捐给某家博物馆。我迫不及待地想要和他见面，待我进屋时，发现他还在吃饭；于是，我向他表示歉意，打扰了他用餐。

“可是，”他对我说，“我无意就此中断用餐，我相信您会让我吃完这顿饭的。要是您来用餐，我会为您倒上一杯设拉子[1]，那是哈菲兹颂扬的酒，不过现在为时已晚，这种酒要空腹喝；您至少可以来点利口酒？”

我接受了，想着他也会喝点；之后，眼见只端来一杯酒，我面露讶异。

“抱歉，”他对我说，“我几乎滴酒不沾。”

“您是怕喝醉？”

“哦！”他回答说，“恰恰相反！在我看来，滴酒不沾才是酩酊大醉；我要在沉醉中保持神志清醒。”

“您为别人倒酒……”

他笑了。

---

[1]　一种产于伊朗的葡萄酒。

“我不能，”他说，“指望每个人具备和我一样的美德。在他们身上见到我的恶习，已然是美事一桩。”

“那您至少抽烟吧？”

“不多。那是平庸、消极、唾手可得的迷醉；我在迷醉中找寻狂热，而非减寿。不说这些了。您知道我从哪儿回来？比斯克拉。我知道您去过那里，于是想要追寻您的脚步。他在比斯克拉做了什么，这个盲目的博学者、书呆子？别人告诉我的事，我惯于点到为止；至于我自己获悉的，我承认，我的好奇心没有底线。我会尽我所能四处寻找、挖地三尺、盘根问底。我的不知趣倒是助了我一臂之力，让我萌生出再会会您的念头；以前我以为您是一个循规蹈矩的学者，其实不然，我现在知道您是……由您来给我解释吧。”

我感到满脸通红。

“关于我，您知道了什么，梅纳尔克？”

“您想知道吗？别害怕！您了解您的朋友以及我的朋友，您知道我不会对任何人说的。您也看见了，有多少人听得懂您的课！”

“可是，”我说话的语气带着些许不耐烦，“没有任何迹象表明，对您说比对其他人说更好。说吧！关于我，您了解到什么？”

“首先，您生病了。”

“可这无关紧要……”

“哦！要紧得很。接着，据说，您更乐意独自外出，书也不带（正是因为这点我开始欣赏您了），就算您不是单独出门，您更愿意由孩子相陪，而非您的妻子……脸别红啊，否则我就不说下去了。”

“请您讲述的时候不要看着我。”

“其中一个孩子——名叫莫克蒂尔，如果我没记错的话——有着难得一见的美貌，是个举世无双的小扒手小骗子，我感到他掌握了很多信息；我引诱了他，收买了他的信任，您也知道，这一点并不容易，就算他说自己没在撒谎，我想他还是照样在胡说……他说了您的事，告诉我，是不是真的。”

梅纳尔克站了起来，打开抽屉取出一个小盒子，并将其打开。

“这把剪刀是属于您的？”他说话的时候，递给我一个看不出形状的东西，生了锈、断了尖、变了形；我不费吹灰之力便认出了这是莫克蒂尔顺走的小剪刀。

“是的，是这把，它是我妻子的。”

“他宣称，他在您转身的时候偷走了剪刀，那天，您和他单独待在一间房里；不过，有趣的地方不在这里；他宣称，他把剪刀藏进斗篷的那刻，他明白过来您在利用镜子窥伺他的一举一动，并且他在镜子中看见了您的目光，监视他的目光。您目睹了偷窃过程，却一声不吭！莫克蒂尔对于您的沉默感到万分惊讶……我也是。”

“您告诉我的一切也令我意外。什么？那他知道我撞破了他！”

“这还不是重点；您以为您的手段比他高明，但玩这类游戏，终究是那些孩子技高一筹。您以为可以掌控他，其实是他把您玩弄于股掌……这不是重点。和我解释解释您的沉默。”

“我想要别人来给我解释。”

我俩一时无言，梅纳尔克在房间里走来走去，漫不经心地点燃一支烟，又顺手扔掉。

“其中，”他继续说，“自有某种‘意识’，正如他人所说，您似乎缺了某种‘意识’，亲爱的米歇尔。”

“‘道德的意识’，或许吧。”我说，勉强挤出笑容。

“哦！只是所有权的意识。”

“在我看来，您也没有拥有很多。”

“我几乎孑然一身，看呐，这里没有一样东西属于我；甚或，连那张我睡觉的床也不属于我。我害怕休息。占有会让人沉溺安逸，安全会让人安然入睡；我热爱生命，我想要清醒地活着，因此即便置身于财富中，我也要保持一种不稳定状态，这样我可以刺激，或至少激发我的人生。我不会说我热衷危险，但我喜欢冒险的人生，它需要我时时刻刻献出我的勇气、我的幸福以及我的健康……”

“那您责备我什么呢？”我打断了他。

“哦！您错怪我了，亲爱的米歇尔；我犯了一次傻，竟然试图宣扬我的信仰！……米歇尔，如果说我不在乎旁人的赞同抑或非难，那是因为轮不到我来赞同或非难；这些话在我看来没有多大意义。我刚才说自己说得太多了；我以为您懂我，所以没收住……我只是想对您说，对于一个不具备所有权意识的人来说，您拥有得太多了，这就严重了。”

“我拥有了什么？”

“一无所有，如果您是用这种口吻说话……可是，您不是开设了课程？您不是在诺曼底有田产？您不是最近在帕西的豪宅定居下来？您结婚了。您不是在等待着新生儿的来临？”

“好吧！”我不耐烦地表示，“这只能证明我过上了您口中更‘危险’的生活。”

“是的，仅此而已。”梅纳尔克语带讥讽地说；之后，他猛然转身，向我伸出手：

“好吧，再见；今晚到此为止，多说无益。不过，回头见。”

有一段时间我没再见到他。

新的工作、新的问题占据了我的身心；一名意大利学者告诉我他最近发现了一批文献，我花了很长时间来研究，以便准备我自己那门课。我感觉第一堂课晦涩难懂，这反倒激起了我的斗志，我要在后续的课程中做出更加铿锵有力的阐述；为此，我要把最初壮着胆子提出的巧妙假设整理成学说。有多少断言之所以显得铿锵有力，恰恰是因为幸而无人能懂！至于我，我承认，我无法区分我的坚持己见是否掺杂了固执在里面。我想要表述的新观点，越是难以表述，甚至难以理解，我就越是急于广而告之。

然而，那些言辞，唉！和行动一比，变得如此苍白无力！梅纳尔克的人生，他小小的举动难道不比我的课程雄辩千倍？啊！我终于明白了，古代伟大哲学家在进行谆谆教诲（几乎是道德层面的）时总是言传身教并举，身教甚至比言传更加重要！

我是在我家里再次见到了梅纳尔克，距离我们初次见面过了三周。那天的大型聚会几近尾声。为了避免日常生活遭到打扰，我和玛瑟琳选择周四晚上敞开家门；这样，剩下的日子，我们就可以安安心心地锁上大门。我们那些所谓的朋友每逢周四登门拜访；在宽敞的客厅里可以同时接待很多人，聚会总会持续到深夜。我以为，吸引他们前来的是玛瑟琳的风雅，以及与她相谈甚欢，至于我，到了第二次聚会，我就发现无话可听、无话可说，难掩无聊，漫无目的地游来荡去，从吸烟室到客厅，从门厅到书房，偶尔听得一句，目光随意飘过，什么都不在意。

安托万、艾蒂安和戈蒂弗洛瓦躺在我妻子精美的扶手椅上，谈论最近一次的议会选举。于贝尔和路易冒冒失失地抚摸我父亲收藏的精美铜版画，把它们都弄皱了。吸烟室内，马蒂亚斯为了听清莱奥纳尔说话，顺手把点燃的雪茄放在红木桌上。柑香酒洒在了地毯上。阿尔贝的鞋底满是烂泥，他大大咧咧地躺在长沙发上，弄脏了沙发布。我们吸入的灰尘是因为物件严重磨损造成的……我有了一个疯狂的念头，想要推搡着所有宾客的肩膀，把他们统统轰出去。家具、布匹、铜版画，一旦沾上污渍，于我而言便失去了所有价值；弄脏的东西，染病的东西，仿佛被判了死刑。我想要护下一切，把所有东西都锁起来，只有我能享用。梅纳尔克是多么幸福啊，我想到，他一无所有！而我，我想要保住一切，却因此痛苦。可说到底，这到底有什么意义呢？

玛瑟琳在一个光线昏暗的小客厅接待几位密友，客厅用一面透明镜子作隔断；她半躺在一堆靠垫上；脸色煞白，似乎非常疲惫，我突然吓坏了，暗下决心这是最后一次聚会。时间已晚。我摸出怀表看时间，碰到了马夹口袋里莫克蒂尔的小剪刀。

“那个孩子，他为什么偷了剪刀，转手又毁了它？”

恰在此时，有人拍了拍我肩头；我猛地转身，是梅纳尔克。

差不多只有他穿了晚礼服。他刚到。他请求我把他引荐给我的妻子；若非他开口，我断然不会这么做。梅纳尔克风度翩翩，算得上英俊；下垂的浓密胡子已然发灰，把他那张类似海盗的脸一分为二；他那冷峻的目光流露出的勇气和决断多于善意。他刚站到玛瑟琳面前，我就意识到她不喜欢他。两人交流了几句客套话，我便把他带到吸烟室。

我那天早晨得知殖民部委派了新任务给他；数份报纸借着这个话题回顾了他的冒险人生，仿佛忘记了前一天还在中伤诋毁他，现在又唯恐找不到更加夸张的言辞来吹捧他。他们争先恐后地极尽溢美之词，认为他先前在探险中勇于发现是在报效祖国，造福人类，就好像他所做的一切只是为了人类福祉；人们夸他克己忘我、无私奉献、坚毅果敢，似乎是想要在连篇好话中求得补偿。

我祝贺的话刚起了个头，他便打断我：

“干吗啊！您也来这一套，亲爱的米歇尔；您又没辱骂过我。”他说，“这种蠢话留着让报纸去说。他们似乎惊讶于一个道德败坏的人竟然还有些许美德。他们总是加以区分，有所保留，我不会遵守这一套，我是作为一个整体而存在。我别无所求，但求顺其自然，我在行动中获得的乐趣是一个标志，说明我就该这么做。”

“您可以走得很远。”我对他说。

“我确实希望如此，”梅纳尔克回答道，“啊！但愿我们周围所有人都能相信这点。可他们中的大多数人以为只有受到束缚才能从中获益，他们乐于被人搓扁揉圆。每个人最害怕的就是和自己相像。每个人为自己树立一个模板，然后效仿它；他甚至不去选择他要效仿的模板，只是接受他人选定的模板。然而，我认为，在人类当中还有其他东西不妨一读。人们不敢。他们不敢翻动纸页。——效仿的规则，我要把它称为惧怕的规则。人们惧怕落单，所以找不到自我。我憎恶道德上的广场恐惧症，那是最恶劣的懦弱行径。然而，发明创造总是靠单打独斗。可此处的人谁在发明创造？我们内心感到的与众不同，正是我们拥有的稀有之宝，它赋予了每个人价值——而人们试图抹杀掉这点。人们在效仿，然后宣称热爱生活！”

我任由梅纳尔克夸夸其谈；他今日所说恰恰是我一个月前对玛瑟琳说过的，我本该表示赞同。我是出于怎样的懦弱打断了他，一字一句地说出了玛瑟琳曾抢白我的那句话：

“您啊，亲爱的梅纳尔克，不能要求千人千面……”

梅纳尔克突然闭了嘴，古怪地看着我，这时正巧欧瑟伯走上前来向我告辞，他决然转身，去和埃克托尔说些无关痛痒的事儿。

话刚出口，我就知道说了蠢话；我尤为懊恼的是，梅纳尔克或许会以为他的那番话是针对我。夜已深，宾客陆续离开。客厅仅剩寥寥数人时，梅纳尔克又走到我跟前：

“我不能就这样离开您，”他对我说，“或许我误解了您的意思。至少让我心存希望吧……”

“不，”我回答道，“您没有误解……但这话没有任何意义；我一说出口就感觉自己说了蠢话，——我尤其感到，您会因为这番话把我归为您刚才控诉的那类人，我向您保证，我和您一样憎恶这类人。我痛恨所有固守原则的人。”

“他们啊，”梅纳尔克笑着说下去，“是这世上最讨厌的人。您不可能指望他们身上有所谓的赤诚；他们只是遵照原则行事，否则的话，他们就会觉得自己干了坏事。仅仅是怀疑您是他们中的一员，那些话语就在我唇边冻住了。我心头掠过的悲伤立马让我明白，我对您的感情是多么深厚；我希望我错了——不是我对您的感情错了，而是我对您的判断错了。”

“事实上，您的判断错了。”

“啊！真的吗？”他忽然拉住我的手说，“听着，我很快就要出发了，可我还想再见您一面。这次远行会比之前用时更长，更危险；我不知道何时归来。两周后我就要动身，这儿的每个人都没意识到我的启程之日近在眼前，我悄悄告诉你。我会在黎明启程。出发的前一晚，于我而言每次都充斥着焦虑不安。向我证明您不是讲原则的人，我能指望您来陪我共度最后一夜吗？”

“但我们之前也可以见面啊。”我对他说，略感惊讶。

“不能。这两周我闭门谢客；而且，我也不在巴黎。明天我出发去布达佩斯；六天后，我会在罗马。我在各处有些朋友，我想要在离开欧洲之前和他们告别。还有个人在马德里等我……”

“一言为定，我和您一同守夜。”

“我们可以喝设拉子葡萄酒。”

那次聚会后数日，玛瑟琳身体越来越差。我说过，她常感到疲惫；但她闭口不谈，我把她目前的状态归结于有孕在身，以为也算正常，避免让自己胡思乱想。一个相当愚蠢——或者相当不了解情况的老医生起初极力宽慰我们。然而，她出现了新症状，还伴随高烧，迫使我请来了Tr 医生，他是当时公认的最高明的医生。他对我没有早点请他来表示惊讶，并制定了严格的作息制度，玛瑟琳早该这样做了。玛瑟琳勇气可嘉，但对自己疏于关心，终于积劳成疾；预产期在 1 月底，在此之前她必须卧床静养。或许是有点焦虑，或许是她的痛苦胜过她承认的，即便是最苛刻的医嘱她也全盘接受。只有一次短暂的反抗，Tr 医生开出的奎宁剂量令她明白会影响到腹中的孩子。整整三天，她拒不服药，体温越来越高，她只能妥协；可是这一次，她肝肠寸断，她是在忍痛放弃未来的一切希望；某种教徒的屈从压垮了迄今为止支撑她的意志，之后几天她的身体状况急转直下。

我对她悉心照料，竭尽所能地安慰她，我照搬了 Tr 医生的话，他觉得她的病情并不严重；不过，玛瑟琳的担惊受怕最终也感染到了我。啊！我们的幸福建立在岌岌可危的希望之上！而未来充满了未可知。我这人最初只对过去感兴趣，对于刹那的美味，我以为，我终有一日会甘之如饴，可是未来破除了现时的幻想，胜过现时破除了过去的幻想；索伦托那夜之后，我全部的爱，我整个人生全都投射到了未来之上。

我允诺梅纳尔克的那晚终是来到了；要在寒冬抛下玛瑟琳整整一晚，我痛苦不堪，但还是尽我所能说服妻子认可了这次约会的重要性，必须一诺千金。玛瑟琳那晚有所好转，但我还是有顾虑；一名女护士替代我守在她身旁。可一旦来到大街上，忧虑愈演愈烈；我驱赶它，同它抗争，我生自己的气，为什么就不能好好摆脱这种情绪。我渐渐地转变为过度紧张、异常兴奋的状态，既异于又类似那痛苦的忧虑，后者孕育出前者，而前者更接近幸福。时间很晚了，我大步流星；大雪纷纷扬扬落下；我感到幸福，终于呼吸到了越发冷冽的空气，我对抗了严寒、狂风、黑夜、大雪；我细细品味自己的力量。

梅纳尔克听见我的脚步声，站在楼梯平台上迎接我。他等我等得心焦，面色苍白，紧张兮兮。他为我脱下大衣，逼我脱下潮湿的靴子，换上柔软的波斯拖鞋。火炉边的小圆桌上摆放了甜点。两盏灯照亮房间，不过主要的光源来自炉火。梅纳尔克一上来就询问了玛瑟琳的情况，我言简意赅地回答说她很好。

“您的孩子就快出生了吧？”他问。

“还有一个月。”

梅纳尔克俯身凑向壁炉，似是要遮住脸庞。他沉默不语。良久的沉默，到最后我都尴尬了，不知道该对他说些什么。我起身，走了几步，来到他身边，把手搭在他肩上。于是，他继续吐露想法：

“必须做出选择，”他喃喃自语，“重要的是知道自己想要什么……”

“啊！您是不想走了？”我问他，不太确定他这话的意思。

“可能吧。”

“那您犹豫了？”

“有什么用呢？——您有妻有子，就留下吧……生活的方式千千万，每人只能知晓其一。嫉妒别人的幸福，那是痴心妄想；别人的幸福拿来又有何用？幸福不是现成的，它因人而异，量身定制。——我明天要走了；我明白，我试过剪裁适合我的幸福……攥住安逸的家庭幸福吧……”

“我也量身定制过我的幸福，”我嚷嚷起来，“可我成长了；现在，我的幸福紧紧裹着我，有时我感到快要给勒死了……”

“唔！您会习惯的！”梅纳尔克说。接着，他站到我跟前，直视我的眼睛，见我无话可说，他凄然一笑：“人们自以为是所有者，却是魔怔了。”他说下去，“您给自己倒点设拉子，亲爱的米歇尔，这酒您不是经常能喝到；吃点波斯人佐酒的玫瑰色糕点。今晚，我愿与君共饮，忘却了明天即将远行，我们聊天仿佛此夜漫漫无尽……您知道为什么诗歌，尤其是哲学时至今日成了死文字？因为它们和生活脱节了。希腊，它直接把生活理想化了；艺术家的生活已然是诗意的创造；哲学家的生活是在实践自己的哲学；哲学和诗歌融入了生活，两者并非井水不犯河水，恰恰相反，哲学滋养了诗歌，诗歌表现了哲学，这个结果令人心悦诚服。而今，美不再发挥作用，行动不再顾及美，而智慧单独行事。”

“您有您的生活智慧，”我说，“您为什么不写成回忆录呢？——或者简单点，”我看见他笑了，继续说下去，“您的旅行回忆？”

“因为我不愿回忆，”他回答，“我认为回忆会阻止未来的来临，还会蚕食过去。彻底遗忘了昨日，我才能创造出全新的每一个小时。曾经幸福过，我不满足于此。我不相信死物，我把‘不再存在’和‘从未存在’混为一谈。”

这一番话最终激怒了我，因为它超越了我的思想；我想要把他往回拉，想要让他闭嘴，可我无从辩驳；与其说我在生梅纳尔克的气，不如说是在生自己的气。我一言不发。他，时而如笼中困兽走来走去，时而俯向炉火，时而长久地沉默，之后，他突然开口：

“但愿我们平庸的大脑能保存记忆！可记忆会保存不当。最精美的，褪色枯萎；最欢快的，腐烂变质；最迷人的，最后成了最危险的。懊悔的事情，最初也是有滋有味。”

又是一阵漫长的沉默，然后他继续说下去：

“暮然回首，悔恨、内疚、懊恼，那是往昔的欢乐；我不喜欢往后看，我把我的过往抛得远远的，就像鸟儿离开阴影，振翅高飞。啊！米歇尔，各种各样的欢乐时刻等待我们，但它要找到一张空床，那是唯一的、排他的，我们得到了它，如同一个鳏夫。——啊！米歇尔！所有的欢乐如同沙漠中的天赐食物，一天一天腐败下去；如同无忧泉水，如柏拉图所述，任何瓶罐都无法将其保存……但愿每一刹那带走它曾带来的一切。”

梅纳尔克说了很久，我无法在此复述出他的每句话；有些印刻在了我的心头，我越是急于遗忘，越是记忆犹新；并非是因为这些话没有传达给我任何新的信息——而是因为它们突然暴露了我的想法，某个我曾费心掩盖，几乎想要把它扼杀的想法。就这样，无眠的一夜过去了。

早上，我先把梅纳尔克送上带他去远行的火车，之后孤身一人回到玛瑟琳身边，我的内心充满了忧伤，我憎恨梅纳尔克那玩世不恭的欢乐，我希望它是假装的，我竭力想要否认它。我懊恼自己当时对他无话可说；我懊恼自己说的某些话会让他质疑我的幸福，我的爱情。我死死攥住我那可疑的幸福，我那如梅纳尔克所说的“平静的幸福”。唉！我做不到将忧虑剔除出我的幸福，我只能声称，忧虑可以滋生爱情。我畅想未来，都能看见我的孩子在对我微笑；为了他，我要重塑、强化我的道德……我迈出了坚定的步伐。

唉！那天早晨，我回到家，刚进第一间房，一反往常的混乱就震住了我。护士跑来告诉我前因后果，她尽量说得婉转，昨晚我的妻子先是惊恐不安，而后疼痛难忍，尽管她认为还没到临盆的日子；她感觉很不好，于是派人去请医生；医生连夜匆忙赶来，寸步不离地守护在病人身旁；之后，护士见我面色惨白，想要安慰我，就说情况变好了，还有……我冲向玛瑟琳的卧室。

卧室一片昏暗；起初，我只认出了医生，他抬手示意我安静；然后，阴影中有个人形，但我认不得。心急火燎的我走到床边，没有弄出一点声响。玛瑟琳双眼紧闭；她的脸白得吓人，我一开始以为她死了；但她把头转向了我，双目仍旧闭着。房间阴暗的一角，那个陌生人在整理、存放各种物件；我认出了闪闪发亮的器械、脱脂棉；我还看见了，我想也许是看见了，带血的织物……我感觉我踉踉跄跄，差点摔倒在医生身上，他扶住了我。我明白了，我害怕明白……

“孩子呢？”我焦急地问道。

他难过地耸耸肩。——我不知道自己做了什么，我扑向床头，泣不成声。啊！始料不及的未来！我脚下的地突然崩塌了，面前只有一个空洞，我整个人跌落进去。

一切纠缠在一起，化为暗无天日的记忆。玛瑟琳起初似乎恢复得相当快。年初的假期给了我一点喘息空间，我可以在她身边度过每分每秒。我守着她，读书、写信，或者低声为她念书。每次外出，我都给她带回一束花。我记起了我生病时她给予我的悉心照料，我要用浓浓的爱意包裹住她，她偶尔会对我展露笑颜，仿佛是个幸福的人儿。关于那个悲惨的意外，我俩绝口不提，它扼杀了我俩的希望……

之后，玛瑟琳静脉炎爆发；炎症刚好转，栓塞又冷不防把她推向了生死边缘。那是一个晚上；我记得，我俯身看她，感到我和她的心脏骤然停止或重新跳动。我就这样守候了她多少个夜晚！我目不转睛地看着她，希冀着依靠爱的力量，能将我的生命力注入她体内。我不再过多考虑幸福，我仅存的掺杂着忧伤的欢乐是因为偶尔看见玛瑟琳的笑容。

我要复课了。可我哪有精力备课，上课？……记忆荡然无存，我不知道之后的几个星期是如何度过的。——不过，有件小事我要告诉你们：

那是一个早晨，在玛瑟琳得了栓塞之后不久；我守在她身边，她似乎好了点，但仍要躺在床上静养，连胳膊都不能抬。我弯腰伺候她喝水，喝完后我还没来得及直起身子，她说话了，声音因为心绪不宁而更加虚弱，她恳求我打开一个小匣子，并用眼神示意我把小匣子放在桌上；我打开，里面摆满了丝带、布片和不值钱的小首饰；她想要什么？我把小匣子放在床边，一件一件拿出里面的物件；这件吗？那个？……不是，还不是；我感到她有点急了。“啊！玛瑟琳！你想要的是这串念珠！”她挤出一个笑容。

“你是担心我对你的照顾不够好？”

“哦！我的朋友！”她低语道。——我记起了我们在比斯克拉的谈话，记起了她胆怯的斥责，那时她刚得知我拒不接受所谓“主的帮助”。我的口气变得有点生硬：

“我靠着自己终于康复了。”

“我为你祷告了很久。”她说。——她说这话的语气温柔、忧伤。我在她的目光中感受到了哀求的焦灼……我取过念珠，放在她手中，她虚弱的手垂在身边，搁在被子上。她向我投来满含泪水和爱意的目光——我无以为报；我踟蹰片刻，不知如何是好，窘迫不堪；最终，我坚持不下去了：

“再见。”我对她说。我离开卧室，心怀敌意，就好像我是被人轰出门的。

然而，栓塞引发了相当严重的身体紊乱；心脏排出了可怕的血块，阻塞、拖垮了肺部，导致呼吸困难，气短还伴有杂音。我以为她治不好了。疾病侵入玛瑟琳的身体，盘踞下来，在她身上打下烙印，留下污迹。她整个人千疮百孔。

## 三

天气转暖。课程刚一结束，我便护送玛瑟琳前往拉莫尼埃尔，医生打了包票，急迫的危险已经过去，想要让她完全康复，没有什么比新鲜空气更有用。我也非常需要休息。之前守夜几乎是我一人坚持下来的，令人忧虑的事儿层出不穷，尤其是玛瑟琳栓塞发作的那段日子，我似乎和她同病相怜，她心悸，我也跟着心惊肉跳，种种一切令我身心俱疲，好像也病了一场。

我本想带玛瑟琳去山里疗养，但她表达了强烈意愿，想要回到诺曼底，声称那儿的气候最适合她，并提醒我还有两座农场需要照看，我当初接手下来多少有点草率。她劝说既然我成了农场主人，就要干得漂漂亮亮。我们刚到，她便催促我视察田地……我不清楚她这种友善的坚持里是否掺杂了自我牺牲，她生怕我因为需要照顾她，不得不留在她身边，会感到不自在……玛瑟琳倒是慢慢好起来，脸颊恢复了血色，她那不再忧伤的笑容给了我莫大安慰，我可以放心地把她留在家中。

于是，我回到了农场。人们正在垒起第一批干草。空气中弥漫着花粉、香味，如同烈酒，令我头昏脑胀。似乎从去年开始我就无法呼吸，或者吸入的就是粉尘，而今那甜蜜的空气大量灌进我的肺里。我晕陶陶地坐在斜坡顶上，俯瞰拉莫尼埃尔；我望见了蓝色的屋顶、沟渠里静静的水；四周田野有的收割完毕，有的长满了草；远处，小溪蜿蜒流淌；更远处，是去年秋天我和夏尔策马奔驰的树林。刚才听见的歌声越来越近，是翻草料的人回来了，他们肩头扛着叉子或草耙。那些工人，我认得七七八八，我不合时宜地想起，我不是途经此地看得入迷的过客，而是这片土地的主人。我走上前去，冲他们微笑，同他们说话，细细询问每个人的情况。那天早晨博卡热已经向我汇报过农作物的长势，他也会定期给我写信，持续不断地告诉我农场上的琐事。农场经营得不错，远远好于博卡热起先让我抱有的期待。不过，他们等着我做出一些重大决定，此后数日，我靠着这份假装的工作，竭尽所能但不甚开心地操持着支离破碎的生活。

玛瑟琳的身子恢复到可以接待客人时，一些朋友便来和我们同住。这群人热情也不吵闹，玛瑟琳自是喜欢，但我更乐于远离宅子。比起上流人士，我更喜欢农场上的人，和他们在一起，我似乎能学到更多——不是因为我对他们问东问西——不是的，我不知该如何表达和他们在一起时感受到的那种喜悦，似乎是通过他们我才能感受到——反观我和友人的交谈，还没开口，对话内容我已了然，而我看着这些穷苦人家，不由得惊奇连连。

他们一开始回答我的问题时语气倨傲，而我在提问时则尽量避免这点，不过他们很快就容忍了我的存在。我渐渐和他们有了更多接触。我不满足于跟随他们工作，我还想参与他们的玩闹嬉戏；对于他们迟钝的思想，我压根不感兴趣，但我同他们一起用餐，听他们开玩笑，充满柔情地守护他们的欢乐。这是一种同理心，类似于我的心因玛瑟琳的心惊跳而惊跳，那是对每一种奇异感受的即时共鸣——不是模模糊糊的，而是清晰、锐利的。我的胳膊感受到了割草人的酸痛，我因为他的疲倦而疲倦；他喝下的苹果酒解了我的口渴，我能感受到酒水滑过他的喉咙；一天，有人磨镰刀时大拇指划了一道深深的口子，我感到痛彻入骨。

在我看来，我不仅仅依靠视力来了解风土人情，还可以通过触觉了解，而我那奇特的同理心又无限加深了这种体验。

博卡热的在场令我感到尴尬；他一来，我就要扮作主人，便索然无味了。我仍旧要发号施令，但我用自己的方式管理工人；我不再骑马，生怕太过高人一等。我小心行事，希望他们不要因为我在场而感到难受或者束手束脚，但面对他们，我就像从前一样，止不住病态的好奇心。他们每个人的人生在我眼中都神秘莫测。他们每个人的一部分人生似乎都不可告人。我不在的时候，他们在干吗？我不愿相信他们没有更好的法子取乐。我认为他们每个人身上都有一个我掘地三尺想要挖出的秘密。我东游西荡，我跟踪监视。我钟爱天性粗鲁不堪之人，似乎指望着他们能从阴暗中迸发出些许光芒，把我照亮。

其中一人，我尤为青眼有加：他相当英俊，人高马大，一点也不笨，只是随性而为；他由着性子胡来，听凭一时的心血来潮。他不是本地人，是我们雇来的零工。他卖力地干上两天活，第三天喝得烂醉如泥。有一晚，我暗中跟踪他到了谷仓；他躺在干草上，因为喝醉酒睡得死沉死沉。我看了他很久！……一个明媚的日子，他离开了，正如他来时那样。我想要知道他的去向……当晚我得知是博卡热赶走了他。

我生气了，找人把博卡热叫来。

“您似乎辞退了皮埃尔，”我这么开场，“您愿意告诉我原因吗？”

我的一通怒火使他略略发窘，虽然我已经尽量缓和了语气：

“先生不愿在家里留一个烂酒鬼吧，他会把好工人带坏的……”

“我比您更清楚我想留什么人。”

“一个害群之马！我们都不知道他是哪里人。在这个地方，影响不好……等到他某个晚上一把火烧了谷仓，先生兴许会高兴的。”

“可说到底，这是我的事，农场是我的，我料想是这样吧；我想用我喜欢的方式来管理它。以后，您开除人之前，请和我说清楚您的动机。”

我之前说过，博卡热在我孩提时代就认识我；虽然我的语气有点伤人，但他太爱我了，不会真的动气。他也没有把我的话当回事。诺曼底的农民往往不愿相信他无法参透动机的事情，也就是说，任何无关利益的事。博卡热把这次争吵简单理解为我是突发奇想。

但我不打算把交谈变为指责，我也感到自己言辞太过激烈，于是设法找补。

“您的儿子夏尔很快就会回来了？”短暂的沉默后，我下定决心抛出了这个问题。

“我以为先生您早把他忘了，您似乎并不怎么惦记他。”博卡热说，仍然觉得受到了冒犯。

“我，忘了他！博卡热，我俩去年一起经历了这么多事，我怎么会忘了他？我还指望着他来管理农场呢……”

“先生您真好。夏尔再过一周就会回来了。”

“好吧，我很高兴听到这个消息，博卡热。”然后，我把他打发走了。

博卡热说得也没错：我确实没有忘记夏尔，但也没把他放在心上。该如何解释经历了激情澎湃的志同道合之后，我对他只存有悲伤的漠不关心？因为我的兴致和趣味和去年已截然不同。我不得不承认，我对两处农场的兴趣都比不上我对农场雇工的兴趣；在我拜访雇工的时候，夏尔会是尴尬的存在。他太过通情达理，太过可敬。尽管往昔的回忆令我百感交集，我却是忧心忡忡地等待着他的归期。

他回来了。——啊！我的忧虑合情合理，梅纳尔克断然否认回忆的做法太对了！——他进来的刹那，我看见的不是夏尔，取而代之的是一位滑稽荒诞的先生，头戴可笑的圆顶礼帽。上帝啊！他活脱脱大变样了！我尴尬、窘迫，试图表现得不太冷若冰霜，来回应他见到我时表现出的高兴劲儿；可是，即便那种高兴劲儿都让我倒胃口，显得虚情假意，并非发自真心。我是在客厅接待的他，天色已晚，我没细瞧他的脸；待人拿来了灯，我反胃地发现，他长出了胡须。

那晚的见面死气沉沉，我知道他会每时每刻待在农场上，因此之后的一周我避免去那里，迫不得已之下，只能把时间消磨在研究以及与宾客的社交上。待我重新外出时，我忙于全新的事务。

伐木工占据了森林。我们每年会出售一部分木材；森林被划分成十二个面积相当的伐木区，轮流砍伐，一些我们不希望继续长高的幼树，还有树龄十二年的矮林，都可以劈成木柴。

这项工作本应在冬季完成，根据销售条款，春季到来之前，伐木工应该清空伐木区。但负责此事的木材商厄尔特旺老爹做事拖拉，有时都春天了，伐木区还乱七八糟的；娇弱的嫩芽已然钻出枯叶，探出头来，伐木工清理的时候，难免伤及它们。

今年，采购商厄尔特旺老爹的漫不经心令我们无比担忧。因为缺少竞价者，我只能以极其低廉的价格让他承包伐木区；而他也知道自己总是有利可图，所以并不急着出售他用仨瓜俩枣换来的木材。工作，一周一周往后拖，一会儿借口缺少工人，一会儿推说天气恶劣，然后是马生病了，要服徭役了，还有其他……天知道的工作？以至到了盛夏，还没清空。

这事放去年，我早就火冒三丈，今年却相当平静；我不会装作看不见厄尔特旺给我造成的损失；然而，那些被毁的森林引人入胜，我美滋滋地在林中散步，窥伺、留意猎物，撞见蝰蛇，偶尔会择一截倒地的树干而坐，坐上很久，那树干仿佛还留存着生命力，创口处抽出几枝绿油油的细枝。

临近 8 月中旬，厄尔特旺突然决定加派人手。一下子来了六个人，打算十天内干完所有的活。被砍的森林有部分快和拉瓦尔特里农场接壤了；考虑到便利，我同意让农场上的人给他们送饭。接下这份差事的家伙名叫比特，刚刚被军队开除，这是个烂人——我是指精神层面，他的身体棒着呢；有些人我乐意主动与之交谈，他便是其中之一。这番安排下，我不用去农场就能见到他。这时我又开始外出。我一连数天待在林中，只在饭点回到拉莫尼埃尔，还常常让家人等我。我佯装监工，其实只是在看工人。

厄尔特旺的两个儿子有时会加入六人小组：年长的有二十岁，另一个十五岁，身姿修长挺拔，线条硬朗。他们长得像外国人，我后来才知道他们的母亲是西班牙人。我先是感到惊讶，她竟然能千里迢迢来到此处，但厄尔特旺年轻时是个无业游民，有可能是在西班牙娶了她。所以，当地人都看不起他。我记得，我第一次见到小儿子时，天在下雨；他孤零零地坐在柴堆垒高的马车上，陷在柴枝里，东倒西歪；他在吟唱，或者更确切地说，在放声歌唱一首古怪的歌曲，我从未在当地听过。拉车的马识路，不用驾驭自行往前。我说不出那首歌对我产生的影响；我只在非洲大陆听过类似的曲子……那个孩子兴奋不已，仿佛迷醉了；我路过时，他都没看我一眼。第二天，我得知他是厄尔特旺的儿子。为了再见他一眼，或至少是为了等他，我在伐木区久久徘徊。那片区域很快被清理干净。厄尔特旺的儿子们只来了三次。他们为人挺高傲的，我都没法和他们搭上话。

比特正相反，喜欢吹牛聊天；我很快就让他明白了，和我在一起可以知无不言；自那之后，他就不再拘束，把整个地区的老底都掀了。我如饥似渴地想要知道那些秘密。它们既超出了我的期望，又无法令我满足。在那表象之下是否酝酿着骚动？抑或是另一种虚情假意？管他呢！我缠着比特问东问西，就像我在探究哥特人粗糙的编年史。他的讲述升腾起深渊里的迷雾，飘荡在我的脑海中，我在惶恐不安中嗅到了它的气息。我从他那儿先是得知，厄尔特旺睡了自己的女儿。我生怕万一流露出一丁点的责备，他就不再爆料；于是我保持笑容；我好奇得心痒难忍。

“那母亲呢？她什么都没说？”

“母亲！死了都十二年了……他从前打老婆。”

“他们家一共几口人？”

“有五个孩子。您见到的是长子和最小的儿子。还有一个十六岁，不太强壮，想要当神甫。大女儿已经为老爹生了两个孩子……”

我渐渐知道了其他事情，厄尔特旺家是水深火热之地，散发出刺鼻的气味，我的想象力就像苍蝇，围着厄尔特旺家这块臭肉团团飞：一天晚上，大儿子想要强暴年轻的女仆；女孩自然反抗，老爹插手要帮儿子，用巨大的双手死死钳制住女仆；二儿子悲天悯人，在楼上继续祈祷，小儿子目睹此情此景，来了兴致。至于男女苟且，我猜想也不是难以启齿之事，比特又继续往下说，没过多久，那女仆便食髓知味，企图诱惑小神甫破戒。

“诱惑成功了吗？”我问。

“还在坚持，但费了好大力气。”比特答道。

“你不是说他还有个女儿？”

“她是有多少男人都照收不误，而且什么都不要。但凡碰上中意的，她还愿意倒贴。但是，不能在她爸家里睡男人；他会揍人。他说，在家里，你爱干什么就干什么，但不要把外人牵扯进来。皮埃尔，那个被你打发走的家伙，他不会拿这种事来吹嘘，但有个晚上出来的时候脑袋上多了个窟窿。打那之后，他们就在城堡的森林里找乐子。”

于是，我示意他继续说下去。

“你试过吗？”我问。

他做做样子垂下眼，打趣道：

“有过几次。”之后，他迅速抬眼：

“博卡热老爹的小儿子也干过。”

“哪个是博卡热老爹的小儿子？”

“阿尔西德，他睡在农场上。先生您不认识他？”

博卡热还有个儿子，这完全出乎我的意料。

“确实，”比特继续说下去，“他去年在叔叔家。但先生您竟然没有在森林里遇见过他，真是意外，他几乎每晚都在林子里盗猎。”

比特说话的声音越来越低。他直直地看着我，我明白过来必须立马露出笑容。于是，心满意足的比特又往下说：

“先生当然清楚，大家都在盗猎。啊！森林这么大，不会伤到人的。”

我没表现出一丝不悦，比特很快壮大了胆子，现在想来，他也很高兴能给博卡热使点绊子，他把阿尔西德在凹陷处埋下的活结指给我看，又告诉我在哪处篱笆附近肯定能偶遇男孩。那是在一片斜坡的顶端，作为边界的篱笆开了一个小口子，阿尔西德惯常在六点左右路过。我和比特起了玩心，在那里拉上一条铜线，并且极为巧妙地隐蔽好。比特得了我的保证，绝对不会出卖他，之后，他就离开了，他可不想惹上麻烦。我在斜坡背面躺下，等待着。

我空等了三个晚上，开始寻思，比特是在拿我寻开心吧……第四个晚上，我终于听见轻盈的脚步声越来越近。我的心狂跳，突然获得了盗猎者可怖的快感……活结设置得非常隐蔽，阿尔西德径直自投罗网，只见他扑通倒地，脚踝被套住。他想逃跑，复又倒地，像猎物一样扑腾挣扎。我已经捉住了他。那是个恶劣的顽童，绿色的眼睛，亚麻色的头发，面相奸猾。他踢了我几脚；然后，因为被我死死钳制住，他试图咬我，眼见无法得逞，又开始用我迄今为止听过的最叹为观止的脏话劈头盖脸地骂我。最后，我忍不住了，放声大笑。他突然住嘴了，看着我，用更加低沉的声音说：

“你这畜生，你把我弄残废了。”

“给我看看。”

他把袜子褪到厚木底高帮鞋上，露出脚踝，隐约可见一道粉色的浅浅印痕。“没关系。”他微微一笑，然后阴恻恻地说：

“我要告诉父亲是您布下了活结。”

“天呐！这是你自己弄的。”

“这当然不是您布置的。”

“为什么不是？”

“您并不精通这事。您下个套，让我瞧瞧呀。”

“你教教我……”

那个晚上，我到了饭点才回去，大家都不知道我人在哪里，玛瑟琳急死了。我并没有告诉她，我设了六个活结，我非但没有斥责阿尔西德，还赏了他十个苏。

第二天，我和他一起去回收活结，兴致盎然地发现两只兔子中了圈套；我自然是把猎物留给了他。狩猎季还没开始。我不知道要如何处理猎物，这事显然不能见光，否则会惹上麻烦。阿尔西德拒不告诉我其中门道。最后，我还是通过比特知道了厄尔特旺负责销赃，厄尔特旺的小儿子在两人之间跑腿。我是否进一步潜入了这个野蛮家族？我劲头十足地盗猎偷猎！

我每晚都去找阿尔西德；我们捕获了大量兔子，有次还逮住一只狍子，它还一息尚存。每每忆起阿尔西德结果它时的那种快乐，我还是不寒而栗。我们把狍子放在安全点，厄尔特旺的小儿子会在深夜来取走。

自那之后，我白天不太乐意出门了，清空的森林少了些许魅力。我仍旧努力工作；这可悲的工作漫无目的——本学期的课程结束后我便拒绝继续代课——这真是徒劳无益的工作，田间再缥缈的歌声、再细碎的声响，都会令我分心；那一声声仿佛是在召唤我。有多少次我扔下书本扑到窗口，却发现什么事都没发生！有多少次，我冷不丁跑出门……我唯一可控的专注力，都用在了关注我所有的感官上。

当夜幕降临——现在晚上来得很快——那就是我们的光阴，我之前从未揣测过夜色的美；我走出家门，像小贼偷溜进屋。我的双眼练得和夜鸟一般锐利。我喜爱那摇曳的高草，我喜欢密不透风的树木。深夜让一切陷落，地面显得遥不可及又深不可测，最平坦的小径也危机四伏，幽暗世界的生物在你四周苏醒过来。

“你父亲以为你现在在哪里？”

“在牲畜棚，看着牲口。”

阿尔西德在那儿过夜，这我知道，紧挨着鸽子和母鸡；晚上牲畜棚是上了锁的，所以他从棚顶的口子里爬出来，衣服上还留存着暖烘烘的家禽味……

一旦猎物收拾妥当，他便投入暗夜，仿佛钻进了一扇活板门，没有挥手告别，甚至不会对我说上一句“明天见”。我知道他不会立马回农场，农场上的狗见到他也不会吠叫，他会先去找厄尔特旺的小儿子交接猎物。可是在哪里？这是我的欲望无法堪破的秘密；威逼利诱、阴谋诡计，全都没用；厄尔特旺一家不会让人靠近。我不知道我哪方面更加疯狂：对一个在我面前步步后退、微不足道的秘密穷追不舍？抑或在好奇心的驱使下编造个秘密？——可是，阿尔西德离开我之后去了哪里？他真的在农场睡觉？或者，他只是骗农场主，让他这么以为？啊！我徒劳无益地牵涉其中，我的所作所为非但不会增加他的信任，反而只会减损他对我的敬意；想到这，我又生气又难过……

他突然消失了，我孤零零留在原地；我踏上回家的路，穿过农田，夜草露重，我沉醉于夜色，沉醉于野性的、混乱的生活，我湿漉漉的，满身泥泞，沾满落叶。远处的拉莫尼埃尔沉沉睡去，玛瑟琳卧室的夜灯亮着，如同安详的灯塔指引着我，我让玛瑟琳相信，如果不让我晚上出门，我就睡不着觉。此话当真：我厌恶我的床，宁愿睡在谷仓。

今年是狩猎大年。兔子、野兔、野鸡，源源不断。比特眼见一切进展顺利，三天之后，动了心思，想要加入我们。

盗猎的第六个晚上，我们只找回布下的十二个活结中的两个，白天进行了一次大搜捕。比特问我要了一百苏用于购买铜线，铁线不好用。

第二天，我饶有兴致地在博卡热家见到了我的十个活结，我不得不承认他的热忱。最要命的是，我去年贸贸然应允，每没收一个活结我就赏他十个苏，因此，我要给博卡热一百苏。而比特用另一百苏买了铜线。四天之后，又是同样的故事，又没收了十个活结。我又要给比特一百苏，给博卡热一百苏。我为此向他道喜。

“该表扬的不是我，”他说，“是阿尔西德。”

“好吧！”我太过吃惊，全然不知所措，幸好我控制住了自己。

“确实如此，”博卡热说下去，“您能指望我什么呢，先生，我年纪大了，农场的事我疲于应付。小家伙为我在森林中奔走；他熟悉林子，头脑灵活，比我更清楚在哪儿能找到陷阱。”

“我完全相信，博卡热。”

“那么，既然先生每个陷阱给我十个苏，我留五个苏给他。”

“这当然是他应得的！老天！五天没收了二十个活结！他干得漂亮。盗猎者必须悠着点。他们可以消停消停了，我敢打赌。”

“哦！先生，活结会越收越多。今年猎物可以卖个好价钱，盗猎者只需花费几个苏……”

我被耍得团团转，一度以为博卡热也是同谋。这件事上我气恼的不是阿尔西德的三重生意，而是眼睁睁地看着他欺骗我。他们，比特和他，会拿着这些钱怎么用？我一无所知；这类人，我永远摸不透。他们谎话连篇，为了骗我而骗我。那天晚上，我给了比特十法郎，而不是一百个苏；我警告他这是最后一次，如果活结再被没收，那就自认倒霉吧。

第二天，我看见博卡热来了，尴尬万分，我的窘迫劲儿很快胜过了他的。那么，发生了什么事？博卡热告诉我，比特大清早才回到农场，喝得烂醉如泥；博卡热刚开口说了几个字，比特便冲着他骂骂咧咧，又扑到他身上，打了他……

“所以，”博卡热对我说，“我来这里，想要知道先生您是否准许（他在这个字眼上顿了一下），准许我辞退他。”

“我要想一下，博卡热。我很遗憾他对您大不敬。我看……容我想一想，您两小时后再来。”

博卡热离开了。

留下比特，是为难了博卡热；赶走比特，会逼着他报复滋事。该死的，那就听天由命吧；说到底，罪魁祸首只有我一人……等到博卡热再来，我对他说：

“您可以告诉比特，我们不想再见到他。”

之后，我等待。博卡热做了什么？比特说了什么？要到晚上我才听到一些风言风语。比特全都说了。我先是听到博卡热家传来的惨叫声，便心下了然：小阿尔西德挨了揍。——博卡热会来的，他来了；我听见他苍老的脚步声越来越近，我的心在狂跳，比当时收获猎物跳得还剧烈。此时此刻，无法承受！此情此景，我必须掏出所有美好的情感，必须认真对待。我要编造出什么理由呢？我演得多么拙劣！啊！我想要丢下我的戏份……博卡热进来了。我并没有听明白他的话。太荒谬了，我只能让他从头说一遍。最后，我听出了几层意思：他认为犯错的只有比特，他忽略了难以置信的事实，我给了比特十法郎，干什么用？他是个诺曼底人，是绝不会相信这种事的。这十法郎，是比特偷来的，千真万确；他口口声声说是我给了他钱，那就是偷窃加撒谎；比特编这个故事，是为了掩饰他的偷窃罪行；博卡热是不会上当受骗的……至于盗猎，没这么回事儿。博卡热打了阿尔西德，那是因为这小子在外面过夜。

好吧！我得救了；至少在博卡热眼中，万事大吉。比特真是个蠢货！当然，那晚我是没有兴致盗猎了。

我以为一切尘埃落定，可一小时后，夏尔来了。他那样子不像是来说笑的；远远望去，他似乎比他父亲更让人讨厌。当真没想到，去年的时候……

“那么！夏尔，好久没见到你了。”

“如果先生真想见我，只要去农场就行。树林、深夜，我和这些事自然八竿子打不着。”

“啊！你的父亲告诉你了……”

“我的父亲什么都没告诉我，因为他什么都不知道。他活到这把年纪了，还有必要知道他的主人瞧不起他吗？”

“说话小心点，夏尔！你过分了……”

“哦！老天，您是主人！您想干什么就干什么。”

“夏尔，你心知肚明，我不会讥讽任何人，我干的那些让我自己开心的事，只会损害到我自己。”

他微微耸了耸肩。

“您要我们如何捍卫您的利益，既然您自己都在搞破坏？您不能同时维护守林人和盗猎者。”

“为什么？”

“因为……啊！听着，先生，对于我来说这一切太过奸诈了，我不高兴的原因很简单，我眼见我的主人和我们要打击的人为伍，我的主人在搅黄我们为他所做的事。”

夏尔的声音越来越坚定。他庄重地站在那里。我注意到他剃了胡子。他的那番话相当在理。眼见我默不作声（我能对他说什么呢？），他继续说：

“我们对我们所拥有的一切负有义务，这是先生您去年教导我的，但您似乎已然遗忘。我们必须严肃对待我们的义务，不能玩火……否则的话就不配拥有。”

沉默。

“这就是你要对我说的？”

“今晚是的，先生；换作另一个晚上，如果先生迫使我讲下去，我兴许会来告诉先生，我和我的父亲要离开拉莫尼埃尔。”

他深鞠一躬向我告辞，然后离开。我顾不得思考，脱口而出。

“夏尔！”——他当然说得在理……但如果说这就是所谓的拥有！……夏尔！我跑出去追他；在黑夜中赶上了他，我语速很快，像是为了确认我仓促做出的决定：

“你可以告诉你的父亲，我会出售拉莫尼埃尔。”

夏尔郑重地向我鞠躬，然后一言不发地走开了。

一切都透露着荒诞。

玛瑟琳那晚没法下楼用餐，她派人告诉我她难受得很。我着急忙慌地上楼，忧心忡忡地跑进她的卧室。她立马宽慰我。“风寒而已。”她如此希望。她着了凉。

“你就不能穿得暖和点？”

“可是一打冷战，我就披上披肩了。”

“你不该打了冷战才披披肩，应该提前披。”

她看着我，试图挤出笑容……啊！或许今天开局不利，让我焦虑不安了——即便她高声说出：“你会在乎我死活？”，我也不会听出弦外之音。我周围的一切全都土崩瓦解；我想要攥住一切，却什么都留不住……我冲向玛瑟琳，亲吻她苍白的太阳穴。而她再也忍不住，靠在我的肩头啜泣。

“哦！玛瑟琳！玛瑟琳！我们离开这里！在别处，我还会爱你，就像我曾在索伦托爱你那样。你以为我变了，是吗？但在别处，你会感到我们的爱丝毫未变……”

我无法治愈她的忧伤，但她至少攥住了希望！

一年还未结束，可天气又冷又潮，玫瑰最后的花苞还未绽放便已凋零。宾客早已离我们而去。玛瑟琳虽然身子不适，还是拖着病体关闭了整栋宅子。五天后，我们启程离开。

# 第三部

于是，我再一次试图握住我手中的爱。可是，我为什么需要平静的幸福？玛瑟琳给予我的，以及她在我眼中所代表的，恰似为不知疲惫的人安排的休憩。——然而，既然我感到她倦怠了，她需要我的爱，我就用爱包裹住她，假装我本人也需要这样的爱。感受她的痛苦，我心痛难耐；我是为了治愈她才爱她。

啊！热情的照料，温存的守夜！其他人通过变本加厉的行为来重燃自己的信仰，我也要如此来激发我的爱。告诉你们，玛瑟琳开始重拾希望。于她，还有大把的青春；于我，仍是大有希望，她如此认为。——我们逃离巴黎，仿佛要重温蜜月。可旅行第一天，她的健康状况急转直下；到了纳沙泰尔[1]，我们只得停下脚步。

我是多么喜欢此地的湖泊，没有一丁点儿阿尔卑斯高

[1] 瑞士西部纳沙泰尔湖畔，是纳沙泰尔州的首府。

山特征，湖岸呈现青绿色，湖水如同泥沼中的水，和泥地长久交汇，又经芦苇丛过滤。我在一家十分舒适的旅馆里为玛瑟琳找到一间湖景房；白天，我寸步不离。

第二天她的情况非常不妙，我派人从洛桑请来医生。他关切地想要知道，尽管是多此一举，我妻子的家族中是否有人得过结核病。我回答是，虽然我并不知道；我不乐意说出是我本人差点因这病被判了死刑，而玛瑟琳在照料我之前从未得过病。我把问题都归咎于血栓，可医生认为这只是诱因，并且断言，病根很早就埋下了。他强烈建议我们试一试阿尔卑斯高山的纯净空气，他打包票，玛瑟琳在那儿会康复的；而我本就打算在恩加丁[1]过冬，只要玛瑟琳的身体能够扛住舟车劳顿，我们就再次出发。

我尤记得一路上五味杂陈，就像记得每个重大事件。天气晴朗、寒冷，我们穿上了最暖和的裘皮大衣……在库尔，旅馆里人声鼎沸、川流不息，我们都没法好好睡觉。我是很乐意熬个夜，我也不觉得累；可玛瑟琳……与其说我是因为吵闹声而恼火，不如说是因为她无法入睡。她非常需要睡眠！——第二天大清早，我们便上路了；我们在

[1] 位于瑞士东南部格劳宾登州境内的因河河谷。

库尔的驿车上订了两个前车厢的位子；驿站安排得当，仅用了一天时间便达到圣莫里茨[1]。

蒂芬卡斯特尔[2]、朱利尔山口[3]、萨梅丹[4]……我记得一切，一个小时又一个小时；记得清新冷冽的空气；记得马儿的铃铛声；记得饿得饥肠辘辘；记得我们在客栈前午休；记得我打在汤里的生鸡蛋、黑面包和冷冰冰、酸溜溜的红酒。——玛瑟琳吃不惯粗茶淡饭；她只吃了几块饼干，幸好我在路上随身携带着。——我眼见太阳落下，阴影迅速攀上森林的斜坡；之后，马车又停了一次。空气更加清爽、生冷。驿车停下的刹那，我们一头扎进黑暗的中心和清澈的寂静；清澈……没有其他词语可以形容。在这奇异的透明之中再细微的声音也会获得完美的音质和饱满的音色。我们在暗夜中再次启程。玛瑟琳咳嗽了……哦！她怎么咳得停不下来？我又想起了苏塞驿车上的事。我当时咳得似乎没这么厉害，她咳得太用力了……显得虚弱不堪，仿佛变了个人；我在暗影中几乎认不出她来。她的

[1] 恩加丁山谷的一个度假小镇。

[2] 瑞士东部城镇。

[3] 位于格劳宾登州的阿尔卑斯山口，连接奥伯哈布斯坦和恩加丁山谷。

[4] 瑞士东部城镇。

神色多么憔悴！她那两个黑洞洞的鼻孔有这么显眼？——哦，她咳得好吓人。她这是用尽了力气。我厌恶同情，所有的传染病潜伏其中，人们只该和强者共情。——哦！她真的快不行了！难道我们永远无法抵达了？……她在干什么？……她掏出手绢，放到嘴边，转过身去……可怕！她也咳血了？——我猛地从她手中抢过手绢。就着灯笼半明半暗的光线，我在看……什么都没有。但我的焦虑表现得太过明显，玛瑟琳惨然一笑，喃喃道：

“没，还没有。”

我们终于抵达。正是时候，她快要支持不住了。为我们准备的卧室我并不满意，我们将就过了一夜，第二天便换了房。在我眼中，这些房间都不够漂亮，但也不算贵得离谱。冬季还没开始，偌大的酒店几乎空无一人；我尽可挑选。我挑了两间宽敞明亮、陈设简单的客房，紧邻一个大客厅，尽头是一个巨大的凸肚窗，可以眺望丑陋的蓝色湖泊，还有不知名的野山，有的山坡郁郁葱葱，有的则光秃秃的。我们靠窗享用饭菜。客房租金高昂，可有什么关系呢？我不再授课，确实如此，但我正在出售拉莫尼埃尔。我们走着瞧吧。再说了，我要钱有什么用？我要这一切有什么用？……我现在身强体壮……我认为财富变化和健康转变同样具有教益……玛瑟琳，她需要奢华；她身体虚弱……啊！为了她，我愿意花钱如流水……我既厌恶又迷恋奢华。我的感官耽于其中、沉迷其中；此外，漂泊的乐趣是我向往已久的。

玛瑟琳一天天好起来，我无微不至的照顾终有回报。她胃口很差，我为了刺激她的食欲，点了精致诱人的美食，喝的都是顶级佳酿。我们每天试一款外国葡萄酒，我乐此不疲，还说服自己，玛瑟琳也会喜欢上的。莱茵地区的葡萄酒涩口，托考伊葡萄酒近似糖浆，就是这些醉人的液体填满了我。我还记得一款奇怪的巴尔巴-格里斯卡酒，我只剩一瓶存货了，所以我无从得知其他的葡萄酒是否也有那种古怪的口感。

我们每天乘车出门；下雪之后换成了雪橇，我们把脖子缩进裘皮大衣。回到旅馆，我脸上火辣辣的，饥肠辘辘，昏昏欲睡。——不过，我不会就此丢下工作，我每天抽出一个多小时来思考我认为理应说出的话。历史不再是重点，我早就不再对历史研究抱有兴趣，我是把它当作一种心理研究的方式。我告诉过你们我为什么再次爱上历史，因为我以为从中看到了过去和现在的混乱相似；我可以放言，通过追问逝者，我能从他们那里获得关于人生的秘密启示……现在，年轻的阿塔拉里克从他的坟墓中站起来，直接和我对话；我不再倾听历史。——古老的回答如何能解答我的新问题：人类还能有何作为？这是我急需知道的。人类迄今所说的就是他能说的全部？他就没有忽略什么？他只能一遍遍重复自己？……每一天我的内心都在滋生混乱的感觉，它来自被文化、体面和道德所遮盖、掩藏和遏制的原封未动的财富。

于是，我以为我生来是为了完成某种未知的发掘；我全情投入我那黑暗、神秘的研究，我知道研究者为此要弃绝、背离文化、体面和道德。

我最终只能欣赏他人身上最为野蛮的表现，同时惋惜某些束缚压抑了这些表现。我在诚实中差不多只看到约束、世俗或恐惧。我本应该把它当作一种难能可贵的东西来珍视，可我们的习俗把诚实变成了平庸的、互惠互利的契约模式。在瑞士，它构成了舒适安逸的一部分。我明白玛瑟琳需要它，但我并不会向她隐瞒我的新思路。早在纳沙泰尔的时候，她曾赞美在四壁和人们脸上洋溢着的诚实。

“我的那份诚实于我而言绰绰有余，”我反驳道，“我讨厌诚实的人。如果说我并不畏惧他们，他们身上也没有可取之处。此外，他们也无话可说……诚实的瑞士人！身强体健对他们毫无意义……没有犯罪，没有历史，没有文学，没有艺术……如同一株茁壮的玫瑰，没刺也没花……”

这个诚实的国家令我厌烦，这点我早已知晓，可是两个月之后，厌烦演变成烦躁，我满脑子想着离开。

时值1月中旬。玛瑟琳有了起色，而且是好了很多：曾经侵蚀她的持续低烧终于结束了；新鲜的血液再次染红了她的双颊；她又愿意散步了，尽管走不长，但不像之前那样总是病病殃殃。我没花多大力气便说服她有益健康的空气已经吸饱，现在还是去意大利更好，那里春天气候宜人，最终能治好她的病——更不消说我轻轻松松便说服了自己，我烦透了崇山峻岭。

然而，此时此刻，我无所事事，憎恶的往昔再次获得力量，回忆挥之不去。雪橇快速滑行；干燥的空气发出欢快的呼啸声，大雪飞溅，食欲大增；——在迷雾中踟蹰而行，声音奇怪，物体突然闪现；——在密不透风的客厅里阅读，透过窗户欣赏户外风景，看冰封的世界，凄然等待着下雪；——外面的世界消失不见了，欢快的思绪纷纷扬扬……哦！和她一起溜冰，在那里，只有我俩，在一片纯净的小湖上，那是一片遗忘在落叶松林间的湖泊；之后，晚上，和她携手而归……

一路南下意大利，让我体验了一回下坠的头昏目眩。天气晴朗。随着我们越来越深入温暖、稠密的空气，高海拔的坚硬树种，比如落叶松和冷杉，逐渐替换为柔韧、优雅的葱茏绿植。我似乎远离了生命的抽象定义，尽管身处冬季，我依然感到芳香四溢。长久以来，我们只为阴影欢笑。我的节制令我微醺，我因饥渴而陶醉，正如他人因美酒而沉醉。我质朴的生活可敬可佩，在即将踏入这片宽容的、充满希望的土地之际，我所有的欲望喷薄而出。大量留存的爱令我血脉喷张，有时它从我的七情六欲深处奔涌至我的头脑，把我的思想变得放荡无耻。

春季的幻觉转瞬即逝。海拔的突然转变只能欺瞒我一时，可当我们离开了避风的湖岸，离开了逗留数日的贝拉焦、科莫，冬天和雨水又卷土重来。高海拔地区的寒冷干燥、轻盈，我们在恩加丁能够忍受；可此处的冷，潮湿、阴郁，开始折磨我们。玛瑟琳的咳嗽复发了。于是，为了逃离寒冷，我们继续南下；我们离开米兰前往佛罗伦萨，又从佛罗伦萨抵达罗马，再到冬雨霏霏的那不勒斯——这真是我所知的最凄凉的城市。无名的烦恼挥之不去。我们重又回到罗马，即便天气不够暖和，也能寻得一番惬意。我们在苹丘租下一套过于宽敞的公寓，不过地理位置绝佳。其实在佛罗伦萨的时候，因为嫌弃旅馆，我们就租下一座面朝科里大道的别致别墅，租了三个月。换作旁人，可能会希望永永远远住下去……我们只待了二十天。身处每一阶段，我都会用心布置安排好一切，就好像我们永远不会离开。可有个更加强大的魔鬼在催促我……更别提我们还带了八个以上的行李箱。有一个装满了书，只用来装书，整个旅行期间，我从未打开过一次。

我不准玛瑟琳操心花销的事儿，也不打算减少开支。开销确实庞大，我心知肚明，这不是长久之计。我也不再指望拉莫尼埃尔出售后得到的钱，它不会带来任何收益，博卡热写信告诉我，他找不到买家。然而，对于未来的考虑到头来只会促使我大手大脚花钱。啊！一旦我成了孤家寡人，我要这么多钱有什么用呢？……我这么想着，忧心忡忡又满怀期望，我注意到玛瑟琳脆弱的生命比我的财富消逝得更快。

她虽得到了我的妥帖照料，可频繁的旅行拖累了她；然而，我现在敢承认了，最令她身心疲惫的，是她惧怕我的思想。

“我看得明白，”她有天对我说，“我明白您的学说——它现在已经成了一门学说。它很漂亮，或许吧，”之后她压低了声音，凄楚地说下去，“可它消灭了弱者。”

“必须如此。”我情不自禁地脱口而出。

于是，我似乎感到，我那唐突的话语吓到了这个敏感纤细的人，她蜷缩起来，瑟瑟发抖……啊！你们兴许以为我不爱玛瑟琳吧。我发誓我热烈地爱着她。她从来没有——我也从未觉得她——如此美丽。疾病修饰了她的容貌，她变得清丽脱俗。我对她几乎寸步不离，关怀备至，夜以继日、每分每秒守候在她身边。她睡眠极浅，我练就了本领，稍有风吹草动就会惊醒；我守护她入睡，又先于她醒来。有时我要离开她一小时，我想要在田间或路边独自散步，我不知道是何种爱情的顾虑抑或烦闷的担心召唤我火速回到她身边；有时我唤起意志来与这种执念抗衡，对自己说：你以为你自己几斤几两，你个伪君子！我迫使自己延长外出时间；可当我回去的时候，手里捧满了鲜花，那是花园中早开的花或者暖房中的花……是的，我告诉过你们；我满怀柔情地珍爱她。可要如何表达呢……我的自尊自重日趋减少，我对她的敬重愈来愈多；谁说得清多少激情和敌对思想可以在一人身上共存？……

恶劣的天气早已结束，季节转换，扁桃树的花一夜之间开满枝头。——那是3月伊始。清早，我来到西班牙广场。农民清理了田间开满白花的枝桠，装满了卖花人的篮子。我兴高采烈，买了一大丛。三个人帮我拿回家。我带回了整个春天。我把枝桠卡在了房门上，如雪的花瓣撒在地毯上。我在所有的花瓶里插上花枝，放在各处；我把客厅装点成了白色，玛瑟琳那时正好不在。我已经在为她的开心而开心了……我听见她回来了。她到了。房门打开。她步履踉跄……号啕大哭。

“怎么了？我可怜的玛瑟琳。”

我冲到她边上，温柔地抚摸她。于是，似是为了解释她的泪水：

“花香闻起来不舒服。”她说……

那是一种很淡、很淡、清雅的甜蜜……我无话可说，抓起无辜、脆弱的花枝，将它们折断，带走，扔掉，我怒气冲冲，双眼充血。——啊！这些许的春天她都无福消受！……

我后来常常想起她的泪水，我现在相信，她已然感到被判了死刑，她因为哀悼其他的春天而落泪。——我还想到，强者需要强烈的欢愉，弱者适合微薄的欢愉，强烈的欢愉反而会伤害到弱者。一点点的快乐就能让她欣喜；再多一点，她就无法承受了。她所谓的幸福，是我口中的平静，而我既不愿也不能平静。

四天后，我们启程去索伦托。我失望地发现那里没有更加暖和。一切似乎都冷得哆哆嗦嗦。不停呼啸的风累坏了玛瑟琳。我们打算下榻上次住过的旅馆，于是选了同一间房，却惊讶地发现，在阴沉沉的天空下，所有美好的幻象都破灭了，旅馆花园了无生气，我们曾经觉得那里非常迷人，我们的爱情曾在那里弥漫。

我们决定走海路前往巴勒莫，因为有人向我们大肆吹嘘那里的气候；需要先回那不勒斯，从那里乘船，但仍需逗留几天。可我在那不勒斯至少不会无聊。那不勒斯是一座生机勃勃的城市，过往在那里没有不可撼动的地位。

我几乎无时无刻不待在玛瑟琳身边。夜晚，她乏了，早早上床睡觉；我看着她睡着后，有时也去睡觉，之后，当她均匀的呼吸声提醒我她已入睡，我便悄无声息地爬起来，摸黑穿上衣服，像个小偷一样溜出门。

户外！哦！我高兴得想要大喊大叫。我要做什么？我不知道。白天阴沉的天空，此时云已散开，接近满月的月亮洒下银辉。我漫步街头，漫无目的，无欲无求，无拘无束。我用全新的眼光看待周遭，我敏锐的耳朵留心每一记声响，我嗅闻着夜晚的潮湿，我的手抚过物件，我东游西荡。

我们在那不勒斯的最后一夜，我一直闲逛到清晨。当我回去时，发现玛瑟琳哭成了泪人儿。她害怕，她对我说，她突然惊醒，感觉我不在房里。我让她平静下来，竭尽全力地解释我为何外出，并且承诺不再离开她。——可是，抵达巴勒莫的第一晚，我便忍不住了，我出门了……最早的一批橘树开花了，微风一吹，飘来芳香……

我们在巴勒莫只待了五天，接着绕了个大圈子前往陶尔米纳，因为我俩都想再度造访那里。我说过，这座小镇盘踞在高山上，火车站建在海边。把我们送到旅馆的汽车需要再把我送回火车站，我要取回行李。我站在车里和司机聊天。那是一个小个子的西西里岛卡塔尼亚人，美得像忒奥克里托斯的一句诗，光彩夺目、馥郁芬芳、有滋有味，宛若水果。

“多美的夫人啊！”[1]他看着走远的玛瑟琳说道，嗓音迷人。

---

[1] 原文为意大利语。

“你也很俊，我的男孩。”[1] 我回答道，我凑向他，再也把持不住，一把把他拉过来，吻了上去。他听之任之，哈哈大笑。

“法国人全都是情种。”[2] 他说。

“可并非所有意大利人都喜欢。”[3] 我反驳道，跟着大笑……之后的日子，我到处寻寻觅觅，可再也见不到他的踪影。

我们离开陶尔米纳，前往叙拉古。我们在一步一步拆解我们的初次旅行，追溯我们爱情的源头。在我俩第一次旅行过程中，一周又一周过去，我的身体逐渐迈向康复；现在，我们越来越往南，玛瑟琳的健康却每况愈下。

出于何等的荒唐，何等的执拗盲目，何等一厢情愿的疯狂，我不仅说服自己，甚至还说服了玛瑟琳，她需要更多的阳光，更温暖的环境，我提到了在比斯克拉康复的记忆……其实，巴勒莫已经转暖；这个港湾气候宜人，玛瑟琳待得舒心。或许在那里，她可以……可是，我能自主选择我的意愿吗？能决定我的欲望吗？

---

[1] 原文为意大利语。
[2] 同上。
[3] 同上。

在叙拉古，因为海况以及船期不定，我们被迫待了一周时间。没有陪伴在玛瑟琳身旁的每分每秒，我都消磨在了老港口。哦，叙拉古的小港！酸葡萄酒的气味，泥泞的小巷，臭烘烘的摊位，装卸工、流浪汉和醉酒的海员来来往往。这些下等人着实令我心生欢喜，我想要和他们为伍。既然我的血肉都在品味他们的语言，我还需要理解吗？那粗野的激情在我眼中幻化为健康有活力的虚假表象。我徒劳地告诉自己，那悲惨人生在他们口中的滋味不同于我品出的……啊！我想要和他们在桌子底下一起打滚，想要在黎明的凄苦寒战中醒来。和他们厮混在一起，激发了我那与日俱增的憎恶，憎恶奢华，憎恶舒适，憎恶环伺在我周围的一切，憎恶无用的保护，因为我有了焕然一新的体魄，憎恶所有让躯体避免风险的措施。我畅想着他们的生活。我想要继续跟踪他们，潜入他们的醉意……突然之间，我脑海中浮现出玛瑟琳。此时的她在做什么？她在受苦，或许还在哭泣……我匆忙起身，奔跑着回到旅馆，大门上似乎写着：穷人勿进。

玛瑟琳迎接我的态度一如既往，没有一句怨言或质疑，还强颜欢笑。——我俩单独用餐，我为她准备了这寒酸旅店所能提供的最好饭菜。吃饭的时候我在想：一片面包、一块奶酪、一棵茴香就够他们享用了，于我同样足矣。或许就在那里，在旅馆附近，就有忍饥挨饿的人，他们连这点可怜的吃食都没有……而我们桌上的食物够他们吃三天！我想要破墙开洞，请宾客蜂拥而至……想到有人在挨饿，我心中难安。我回到老港口，随手撒出口袋里装满的零钱。

贫穷即奴役；为了糊口，人要接受毫无乐趣的工作；所有不愉快的工作都是可悲的，我想，于是掏钱让几个人获得休息。我说：工作让你厌烦，那就不要工作了。我希冀每个人都能获得闲暇，没有了闲暇，不可能滋生出新事物、恶习或者艺术。

玛瑟琳没有误解我的想法；当我从老港口回来时，我如实告知聚拢在我身边的人是多么可怜。——一切尽在人类之中。玛瑟琳依稀明白了我孜孜以求的事物，鉴于我指责她太过惯常地相信她为每个个体量身打造的美德：

“您，您不会满足，”她对我说，“除非他们向您展现了某种恶习。您难道不明白紧盯着某个人的某个特质，我们的目光会发展，会夸大？而且，我们会把这人打造成我们以为的那样。”

我本想说她这话没道理，但我必须承认，个体身上最恶劣的本能在我看来最为真诚。——那么，我对真诚的定义是什么?

我们最终离开了叙拉古。对南方的回忆和想念萦绕着我。到了海上，玛瑟琳有了好转……我还能看见海的颜色。大海如此平静，轮船留下的航迹仿佛会永远存在下去。我还能听到排水的声响，液体的声音；清洁工在冲洗甲板，赤着脚踏过地板发出啪嗒声。我又看见了雪白一片的马耳他，突尼斯近在咫尺……我的变化简直是天翻地覆!

天气炎热、晴朗。一切都光彩夺目。啊！我希望写下的每一句话都凝结了大量快感……而今的我在叙述中强调条理也是徒然，我的人生本就欠缺条理。我已经花了足够长的时间来解释我是如何变成现在这个样子的。啊！但愿我的思想能摆脱这无法承受的逻辑！……我感到我身上的点点滴滴都洋溢着高贵。

突尼斯。阳光充沛胜于强烈。阴影之中都充满了阳光。空气似乎就是流动的光，一切都沐浴、沉浸、漂浮其中。这片快乐之地能够满足，但无法平息欲望，所有的称心如意都会激发欲望。

艺术品缺席的地方。我鄙视那些人，他们只承认经过标注和诠释的美。阿拉伯人拥有令人叹服的品质，他们每一天都在实践艺术，歌唱艺术，挥霍艺术；他们不会把艺术固定下来，不会通过某件作品来保存它。这里缺少伟大的艺术家，这既是因又是果……我一直认为伟大的艺术家就是那类人，敢于将美的权利赋予司空见惯的事物，之后当众人见到它们时会说："我为什么此前没有意识到它的美……"

凯鲁万的夜很美，我此前并不知道那里，去的时候没带上玛瑟琳。回旅馆睡觉的路上，想起一群阿拉伯人躺在一家小咖啡馆门口的席子上，露天而眠。我在他们身边躺下，离开时满身臭虫。

海边的湿热令玛瑟琳虚弱不堪，我说服她当务之急是尽快赶到比斯克拉。已然到了 4 月初。

旅途漫长。第一天，我们一鼓作气赶到君士坦丁；第二天，玛瑟琳太倦了，我们只抵达坎塔拉。——我们在那里寻寻觅觅，终于在晚上找到了一处宜人、凉爽的阴凉处，胜过夜间的月光。它如同源源不断的液体，潺潺流淌到我们身边。我们坐在斜坡之上，俯瞰燃烧的平原。那一晚，玛瑟琳彻夜未眠；那诡异的宁静以及再轻微的动静都令她惴惴不安。我担心她有点发烧，听见她在床上辗转反侧。第二天，我发现她愈发苍白了。我们再次启程。

比斯克拉。这正是我心心念念想要故地重游之处……是的，这里有公园，长凳……我认出了我康复初期坐过的长凳。我当时在读哪本书？……《荷马史诗》。自此之后，我就再也没打开过它。——这棵树，我摩挲过它的树皮。那时的我多么虚弱！……天呐！是那些孩子……不是的，我一个都不认得。玛瑟琳好严肃！她同我一样，有了翻天覆地的变化。天气宜人，她为什么咳得这么厉害？——那是旅馆。那是我们的房间，我们的露台。玛瑟琳作何感想？她没对我说一句话。刚踏入房间，她就倒在床上；她乏了，想要小憩片刻。

我认不出那些孩子了，可他们认得我。他们得知我回来，全都跑来见我。真的是他们吗？我大失所望！到底发生了什么事？他们长大成人了。才过了两年，这不可能……青春曾绽放出耀眼的光芒，是怎样的疲怠、恶习、惰性，使他们的面庞变得丑陋不堪？是怎样龌龊的劳作过早地摧毁了他们美丽的肉体？全都破灭了，全都垮了……我发问。贝希尔在咖啡馆洗盘子，阿舒尔靠砸马路石子赚几个钱，阿玛塔尔瞎了只眼。谁会信呢？萨迪克过上了安稳日子，帮衬着兄长在市场上卖面包，他似乎变蠢了。

阿吉布子承父业成了屠夫；他发福了，变丑了，有钱了；他不愿搭理那些地位低下的伙伴……体面的工作毁人不倦！我所憎恶的同类的特质，会在他们身上找到吗？——布贝克尔？——他成亲了，还不到十五岁，真是荒诞不经。——可是，并非如此，晚上我见到了他。他给出了解释：他的婚姻只是做做样子。他吧，我认为，才是彻头彻尾的浪荡子。他酗酒，酒精令他面目全非……这就是仅存的一切？这就是生活的所作所为！——我在不能承受的忧伤中感觉到，我很大程度上是为了再次见到他们才回来的。梅纳尔克说得对：记忆发明了不幸。

还有莫克蒂尔呢？——啊！他刚出狱。他躲了起来。其他人不同他往来。我想要再见他。他是那群孩子中长得最俊俏的，他也会让我失望吗？……人们找到了他，把他带到我面前。没有！他没有完蛋，甚至在我的记忆中他都没有这么美好。他的力量、他的美貌，完美无缺……认出我的那刻，他笑了。

“坐牢之前，你在干吗？”

“没干什么。”

“偷东西？”

他表示反对。

“现在干吗？”

他笑了。

“嘿！莫克蒂尔！既然你无所事事，陪我们去图古尔特吧。”——我突然起了念头，想要跑去图古尔特。

玛瑟琳情况堪忧，我不知道她怎么回事。那晚我回到旅馆后，她一言不发地依偎在我身上，双眼紧闭。宽大的袖子一经抬起，消瘦的胳膊便露了出来。我长久地抚摸她，安慰她，就好像她是一个需要哄睡的孩子。那是爱，或者焦虑，或者高烧令她浑身发抖？……啊！或许还有时间……我难道不能停下来吗？——我在寻找，我终于找到了赋予我特殊价值的东西：对恶的执着。——可是，我要如何告诉玛瑟琳，我们明天出发去图古尔特？……

现在，她睡在隔壁房间。月亮早已升起，银辉洒遍露台。月光几近瘆人。我们无处可藏。我的房间铺了白色地砖，月光落在上面，清晰可见。它通过大开的窗户流淌而入。我认出了卧室中的光亮，以及房门勾勒出的暗影。两年前的月光照得更远……是的，它行进到了当年的位置——我当时放弃了睡觉，从床上爬起来。我的肩膀靠在门框上。我现在认出了静止不动的棕榈树……那晚我读了什么内容？……啊！是的；是耶稣对彼得说的话：“现在，你自己束上带子，随意往来……”我要去往哪里？我想去往哪里？……我没有告诉你们的是，我这次去那不勒斯期间还抽了一天去帕埃斯图姆，独自一人……啊！我想要在废墟前面哭泣！古老的美简单，完美，明媚——荒废。艺术从我身上抽离而走，我感知到了。那是为了让位于谁？不同于以往，那不再是明媚的和谐……我不再清楚我效劳的是哪位黑暗之神。哦，全新的神！赐予了我机会去认识种类全新、始料未及的美。

第二天拂晓，驿车带我们上路。莫克蒂尔和我们同行。他幸福得像个国王。

谢加，凯菲尔多尔，姆莱耶……每一段路程愈发无聊，漫漫无止境。我承认，我本以为绿洲会更宜人。可只有乱石和沙漠；剩下的，几处低矮的灌木丛里开着奇怪的花；时不时有一处棕榈树试验林，靠着一处隐藏起来的水源供水……比起绿洲，我现在更爱沙漠……这片土地拥有必然消泯的辉煌和难以承受的壮丽。人类的努力在此处显得丑陋、可悲。现在，任何其他的陆地都令我厌烦。

“您热爱的是非人之物。”玛瑟琳说。可她投来的是怎样的目光！目光灼灼！

第二天的天气有点糟糕，起风了，地平线黯然失色。玛瑟琳身体抱恙，吸入的沙子在灼烧、刺激她的喉咙，耀眼的亮光累坏了她的双眼，咄咄逼人的风景在摧毁她。——可现在要走回头路为时已晚。我们再过几小时就要抵达图尔古特。

旅途接近尾声，尽管这段旅行距离现在不远，但我记不分明了。我想不起第二天看到的风景，也记不得我起初在图尔古特干了什么。我还能记得的，是我的不耐烦和心急火燎。

早上天寒地冻。临近傍晚，刮起了炙热的西蒙风[1]。旅行累坏了玛瑟琳，刚到旅馆她便躺下。我希望找家更舒适的旅馆，我们的房间太可怕了；风沙、太阳和苍蝇使周遭的一切显得褪色、脏污、陈旧。大清早到现在我们几乎没进食，我立马叫人端上食物，可玛瑟琳觉得全都难以下咽，我又不能说服她尽量吃点。我们带了茶具。由我来干这些琐事。晚饭的时候，我们将就着吃了干点心，喝了茶，尽管当地发咸的饮用水让泡出来的茶有股怪味。

出于最后一点徒有其表的良心，我一直陪在她身边直到晚上。我突然之间也觉得精疲力竭了。哦，油尽灯枯的

[1] 在非洲和阿拉伯等地的沙漠出现的干热风。

味道！哦，灰心丧气！悲哀的是超越人性的努力！我几乎不敢看她；我心知肚明，我的双眼不是在找寻她的目光，而是直勾勾地紧盯她黑洞洞的鼻孔；她脸上痛苦的表情让人跟着痛苦。她也不再看我。我感觉到，就像我能触摸到，她的焦虑。她咳得厉害，后来睡下了，时不时地因为一阵寒战而浑身发抖。

也许今晚会很糟糕，趁着还不太晚，我想要找个能帮忙的人，于是出了门。站在旅馆大门前，图尔古特的广场、马路，以及那种氛围怪异得让我恍惚以为看到这一切的不是我本人。片刻过后，我转头回去。玛瑟琳安静地睡着了。我的恐惧毫无来由，在这片古怪的土地上，似乎危机四伏，这真是荒诞不经。我安下心来，再次出门。

夜晚的广场上涌动着奇怪的喧嚣，车辆寂静无声，白色的斗篷在暗夜里潜行。风时不时地把异域音乐撕成碎片，不知道从哪儿飘来。有人站到我面前……是莫克蒂尔。他说他在等我，而且他肯定我会再次出门。他笑了。他对图尔古特了如指掌，他常常来这里，知道该把我带去哪里。我由着他带路。

我们在暗夜中前行，进入一家摩尔人的咖啡馆，音乐正是从这里飘出来的。阿拉伯女人在跳舞——如果我们可以把某种动作单调的滑步称为舞蹈的话。——其中一人拉住我的胳膊，我跟上，她是莫克蒂尔的情妇，于是他也陪伴左右……我们仨进入一间又窄又深的房间，唯一的家具是张床……我们坐上这张极其低矮的床。关在屋里的小白兔起初受了惊，之后变得温顺，跑来吃起莫克蒂尔手上的食物。有人为我们端来咖啡。之后，莫克蒂尔在一边玩兔子，那个女人把我拉向她，我听之任之，和她纠缠在一起，就像人们滑入睡眠……

啊！此时的我可以撒谎欺骗或者默不作声——可是，如果我的讲述不再真实，它于我而言还有何意义？……

我独自回到旅馆。莫克蒂尔那晚留宿咖啡馆。天色已晚。吹来了干燥的西洛可风[1]，风裹挟着沙子，尽管已是晚上，但依然炎热；我跑了四步便汗流浃背；可我突然急着回去，我几乎是一路跑回去的。——她兴许醒了……兴许需要我呢？……不，旅馆房间的窗子漆黑一团。我等着风暂停下来，才打开旅馆的门；我轻手轻脚走进黑暗。——那是什么声音？……我认不出她的咳嗽声了……我打开灯。

[1] 地中海地区的一种风，会带来干燥炎热的天气。

玛瑟琳半躺在床上，一条消瘦的胳膊抓住床栏杆，挣扎着支起上身；床单、双手、衬衣全都沾满了血；她的脸也被血弄脏了，眼睛大得吓人；比起临终的呼喊，她的沉默不语更让我惊恐。——我在她汗津津的脸上寻得一小处，勉强吻下去，汗水的滋味留存在我的唇边。我擦干净了她的额头和两颊……我站在床边，脚踩到了某个坚硬的东西：我弯腰拾起那串小念珠，在巴黎时她曾向我索要，而今她弃之在地；我把念珠放在她打开的手中，可她的手立即放下，任由念珠再次落到地上。——我不知所措：我想要寻求帮助……她的手绝望地攥住我，紧紧地拉住我；啊！她是以为我会离开她吗？她对我说：

"哦！你尽可以再等等。"她眼见我要开口说话。"什么都不要对我说，"她接着说，"一切都好。"——我再次捡起念珠，放进她手里，可她再次把它弄到地上——我要说什么呢？她丢了念珠。我跪在她身旁，抓起她的双手紧贴在我的胸口上。

她听之任之，身子一半靠在长枕上，一半靠在我的肩头，似乎睡了一会儿，可她的眼睛睁得大大的。

一个小时后之后，她直起身子；她松开了我的手，抓住衬衣，扯下花边。她透不过气来。——临近清晨，她又吐出一口血……

我的故事讲完了。还有什么可说的？——图尔古特的法国人墓园丑陋不堪，风沙侵蚀了一半的面积……我的意志所剩无几，我用这仅剩的意志带着她离开伤心之地。她最终长眠在坎塔拉，在一处她钟爱的私人花园的阴影中。这一切发生到现在不过三个月。这三个月遥远得恍如相隔十年。

米歇尔陷入了良久的沉默。我们全都默不作声，感到一种怪异的不自在。在我们看来，唉！米歇尔似乎是想通过他的叙述来把他的行为合理化。在他冗长的解释中，我们无从谴责，仿佛因此成了他的同谋。我们也牵涉其中。他结束叙述时，嗓音没有一丝颤抖或变化，举止没有透露出情绪波动，他要么是用玩世不恭的高傲来掩饰他的悸动，要么是出于某种腼腆，担心他的泪水会令我们五味杂陈，要么他只是波澜不惊。即使在此刻，我也无法甄别出在他身上高傲、力量、冷漠抑或腼腆各占多少比例。过了一会儿，他说下去：

“令我害怕的，我承认，是我还如此年轻。我有时会觉得我真正的人生还未开启。请把我从此时此地带走，给我活下去的理由。我自己是找不到了。我得到了解脱，这是可能的；可又怎样呢？这种漫无目的的自由于我而言是一种负担。请相信我，我并非厌倦了我的罪行——如果你们乐意这样称呼它，可是我必须自证我并未超越自己的权利。

“你们初识我之际，我思想坚定，我现在清楚正是这一点造就了真正的人；如今我不再拥有它了。然而，我认为，气候是罪魁祸首。这经久不变的蔚蓝最是让人灰心丧气。在这里，任何研究都无法开展，因为快感紧随欲望而来。辉煌和死亡围绕着我，我感到幸福切切实实地存在，所有人都会无一例外地屈从于它。我正中午上床睡觉，想要消磨无聊的漫漫长日以及它难以承受的闲暇。

“你们看到了，我有一些白色的小石子，我先是把它们放在阴凉处，然后久久地握在手心，直到其镇静的凉意消失殆尽。于是，我重新开始，换上一批石子，把凉意耗尽的石子重新放在阴凉处。时间流逝，夜晚来临……把我从这里带走吧，我自己无法做到这点。我的意志中某个东西崩断了，我都不明白我是哪来的力气离开了坎塔拉。我有时害怕我试图压抑的东西会反弹报复。我想要重新开始。我想要摆脱我仅剩的财富，瞧啊，我的墙上还挂着东西……我在此地的生活几近一穷二白。一个有一半法国血统的客栈老板为我准备了一点吃食。那个你们进来时逃走的孩子早晚为我送来吃的，作为回报，我给他几个苏和些许爱抚。这孩子怕生，可和我共处时温柔忠诚得像条小狗。他的姐姐是舞娘，每年冬天回到君士坦丁，将肉体出卖给过客。她十分漂亮，最初几周我容许她和我一起过夜。可是有天早晨，她的弟弟小阿里撞见我俩睡在一处。他表现得非常气愤，整整五天都不愿回家。不过，他非常清楚姐姐的谋生手段，他之前谈及时语气中没有一丝窘迫……那他是因为妒忌？——再说了，这小滑头的花招奏效了；半是出于厌烦，半是害怕失去阿里，自那次意外之后，我不再挽留这个女孩。她没有生气，可每次遇见她，她都会开玩笑说我更喜欢那个男孩。她宣称，我之所以在此地流连主要是因为他。她兴许有点道理吧……”